JN038637

作業厨から始まる異世界転生

~レベル上げ？それなら三百年程やりました~

Sagyochu kara hajimaru isekai tensei

2

yu-ki
ゆーき

Illustration
OX

CONTENTS

主な登場人物

[レイン]

本作の主人公で、
ゲーム配信者界隈での渾名は『作業厨』。
異世界に行っても作業(レベル上げ)を
淡々とこなすこと三百年、
気が付いたら最強に。

[シュガー]

狼の魔物。ソルトの母親。
冷静で妖艶な雰囲気がある。

[ソルト]

狼の魔物。シュガーの子供。
元気いっぱいで明るい。

Sagyochu kara hajimaru isekai tensei
[ファルス]
神聖バーレン教国の
枢機卿の一人。野心家。
[???]
正体不明の謎の男。
[ニナ]
Aランク冒険者の女性。
コミュ力が高く頼りになる。

第一章　超便利なスキルをもらってしまった！

俺、中山祐輔《なかやまゆうすけ》は世界一の作業厨《さぎょうちゅう》と呼ばれ、日々ゲームに勤《いそ》しんでいた。

だがある日、心臓発作《しんぞうほっさ》でぽっくり死んでしまったのだ。

しかし、そこで俺の人生は終わらず、女神様がお詫《わ》びに、俺をティリオスという、剣と魔法のファンタジー世界に転生させてくれたんだ。

寿命《じゅみょう》のない、半神《デミゴッド》っていうヤバい種族でね。

そして、シルバーウルフの親子であるシュガーとソルト、剣になったダンジョンマスターのダークと出会って仲間になった。

作業厨の俺は、異世界でもちょっとレベル上げをやりすぎたり、剣術修業をやりすぎたりして、気がついたら世界最強になってしまった。

最強になったあとは、成り行きでニナというAランク冒険者とパーティーを組んで、メグジスっていう街に行くことに。

でも、邪龍《じゃりゅう》の加護《かご》を持った物騒な魔物が大量にその街に押し寄せてきたんだよね。

思い通りにはいかなかったけど、なんとか撃退して今に至る……というわけだ。

そして、これから王都に行こうかな～なんて思っているのだが……

◇　◇　◇

「で、これからどうする？　当初の予定なら、今頃王都に向かっていたと思うんだが」

冒険者ギルドを出た俺は、ニナに問いかける。

「そうね……行商人《ぎょうしょうにん》の護衛《ごえい》の依頼を受けて、その馬車に乗って王都に行くつもりだったんだけど、昨日の魔物の襲撃《しゅうげき》のせいでみんな出てっちゃったのよね。チラホラ人が戻ってきてはいるけど、行商人がくるまでは、この街でのんびりするのがいいと思う。休暇《きゅうか》も必要だからね」

ニナはニコッと笑うと、これからのことを提案してくれた。

「そうだな。ここ最近は色々ありすぎた。のんびりとした、何気ない日々が恋しく感じるよ」

最近は新しい発見が多すぎる。何百年もの間、無心に森の中で行動していた俺は、気疲れしてしまった。

「じゃあ、俺はゆっくりモノづくりでもしようかな。何かを作ることは、シュガーとソルトと一緒に太陽の下でお昼寝することの次に落ち着くんだ」

俺は青空を見上げると、そう言った。

いやぁ、シュガーとソルトっていうもふもふコンビは最高だからなぁ……

「ふふっ、確かに。この子たちと一緒にお昼寝することは、天国にいるのと同じね」

俺の言葉に、ニナは楽しそうに笑った。

「あ、そういえば、あなたの天職って錬金術師《れんきんじゅつし》だったわね。聖騎士《せいきし》か魔剣士《まけんし》っぽいけれど……」

「まあ、そう思われるのも無理はないな」

今日まで生きてきた中で、錬金術師らしいことをした時間は少ない。そのせいで、たまに自分の天職が錬金術師であることを忘れてしまう程《ほど》だ。

「つーわけで、俺は街の外にある野原でモノづくりをしてくるよ」

俺は腕の中にいるシュガーとソルトを優しく撫《な》でながら、そう言った。

「なら、私も行っていいかな？　邪魔はしないからさ」

「人が作業している様子を眺《なが》め続《つづ》けるのは、つまらなくないか？」

「飽《あ》きたら他のところに行くから心配無用よ」

「ならいいんだが……」

見てて楽しいものなのか？　と思いつつも、俺はニナを連れていくことにした。

◇　◇　◇

「いい気分〜」

野原ではシュガーとソルトが元気よく走り回って、ニナが大きく伸びをしている。

その様子を見てほっこりしつつ、俺は《無限収納《インベントリ》》から取り出した作業台の上に、ミスリルと二十センチ程の魔石《ませき》を置いた。

「《錬金術《れんきんじゅつ》》！」

俺は《錬金術《れんきんじゅつ》》を使って、魔石から三センチ程のかけらを取り出すと、《無限収納《インベントリ》》に入れていたアダマンタイト製のやすりを使って、球体になるように削《けず》った。

最後に、水で洗いながら磨《みが》き、艶《つや》のある球体の魔石を作り出す。


『《錬金術《れんきんじゅつ》》のレベルが2になりました』


頭の中に、ステータスが上がったことを知らせる、聞き慣れた声が響く。

「次はこれだな」

俺はミスリルを手に取ると、《錬金術《れんきんじゅつ》》で指輪の形にした。そのあと、一か所に丁度《ちょうど》魔石がはまる大きさの穴を開ける。最後に《金属細工《きんぞくざいく》》で形を整えれば、指輪の出来上がりだ。

「最後にこれをここにはめて……《錬金術《れんきんじゅつ》》！」

俺はリングのくぼみに球体の魔石をはめ込んだ。

「これで魔法発動体《まほうはつどうたい》の完成だ。これをはめて魔法を放てば、通常よりも威力が高くなるはず……」

俺は出来上がった魔法発動体を右手の人差し指にはめると、満足げに眺める。

「凄《すご》いわねそれ。魔力伝導性《まりょくでんどうせい》の高いミスリルで指輪を作り、そこに魔石をはめ込むなんて……」

ニナは俺の魔法発動体を興味深そうに見つめた。

「ところで、これってなんの魔石を使ったの？」

「ん～とね……ドラゴンだな」

「まさかのドラゴン⁉　しかも質からしてワイバーンではなさそうね。そうなると、アースドラゴンかしら？　それなら足が遅いから逃げ回りながら魔法を放てば倒せるけど……」

ニナはアースドラゴンの魔石だと予想したが……残念。ハズレだ。

こいつはディーノス大森林の奥にいたエンシェントドラゴンの魔石だ。まあ、それを教えたら色々と面倒くさいことになりそうなので、言わないでおこう。

「それじゃ、試すか」

俺は道具を《無限収納《インベントリ》》の中に入れると、魔法の威力がどのくらい上がるのか、確認することにした。

「まずは左手で、《氷槍《アイスランス》》！」

俺は魔法発動体をつけていない手から《氷槍《アイスランス》》を撃《う》った。

「次は右だ。《氷槍《アイスランス》》！」

次に、魔法発動体をつけている手から撃つ。

「ん～……一・五倍ぐらいだな」

この指輪はダークを魔法発動体にするよりも、高い威力で魔法を発動できるようだ。

「凄いわね。それって国宝レベルじゃない？」

「一時間弱で作ったものが国宝になるわけがないだろう」

ニナの冗談に、俺は笑って返した。

「作りたいものを作ったし、腹も減ったから、街に戻ろうかな」

俺はシュガーとソルトを呼び戻すと、小さくなってもらい、首輪をつけた。二匹は結構目立つので、街や人が多いところでは《縮小《しゅくしょう》》のスキルで小さくなってもらっている。

「思いっきり走るの楽しかった！」

「明日もやりたいですね。マスター」

ソルトとシュガーは、走り回ることが俺の想像以上に好きなようだ。

今後は自由に走らせる時間を取るように心掛けないとな。

「大きいのも可愛いけど、小さくても可愛い」

ニナは二匹を抱きかかえると、頬《ほほ》を緩《ゆる》ませながらそう言う。

「そうだな。食事をしたいけど、昨日の件もあって開いている店は少ないんじゃないかな？」

俺はニナに問いかける。

流石《さすが》にあんな大騒ぎがあった次の日に営業している店なんてあるはずが――

「そうね。でも、冒険者ギルドの酒場なら大丈夫よ」

……あったわ。

「あそこでいいか」

冒険者ギルドの酒場で出されている食事が意外と美味しかったことは、まだ記憶に残っている。

「じゃあ、冒険者ギルドに戻ろう」

「そうね」

俺たちは頷《うなず》き合《あ》うと、街へ向かって歩き出した。

街へ戻った俺たちは、足早に冒険者ギルドへ行き、真っ先に酒場へ向かう。

そして、前回来た時と同じように、串焼《くしや》きを頼む。すると、一分も経たずに席に串焼きが届けられた。やっぱり来るのが速い。そう思いながら、俺は早速串焼きを頬張る。

「もぐもぐもぐ……料理人が作る飯は美味《うま》いな」

数百年間、ずっと焼いただけの肉を食べてきたせいで、美味《おい》しいタレがかかった串焼き一本で感動してしまう。

「もぐもぐ……おいしー」

「もぐもぐもぐもぐ……」

シュガーとソルトも美味しそうに串焼きにかぶりついている。そして、俺とニナはその様子を眺めることで癒《いや》されていた。

前世で見ていた動画サイトで、動物のお食事シーンが人気だった理由が今身に染みてわかる。

「もぐもぐ……は～、美味かった」

俺は串焼き五本を軽く平らげると、食後の酒を一杯飲んだ。

相変わらず《状態異常耐性《じょうたいいじょうたいせい》》のお陰で酔うことはないため、これは単に味を楽しんでいるだけだ。

あとは雰囲気。

「他には何をするか……」

次にやることを考えながら立ち上がり、シュガーとソルトを両肩に乗せた。

その直後、冒険者ギルドの扉が開き、騎士《きし》の鎧《よろい》を着た男性が入ってきた。

男性は冒険者ギルドの中をキョロキョロと見回すと、俺に視線を合わせる。

そして、こちらに向かって歩き出した。

「レインさんとニナさんですね。領主様がお呼びですので、至急一緒に来ていただけますか？」

騎士の男性は礼儀正しくそう言った。

「ニナ、これって多分昨日のことだよな？」

「恐らくね。というか、それ以外に考えられないわ」

この街の領主、ディンリードが俺たちを呼び出す理由は、十中八九《じゅっちゅうはっく》昨日のメグジス防衛戦についてのことだろう。

「それなら、行ったほうがいいか」

「そうね」

俺とニナは頷き合うと、男性騎士と共に冒険者ギルドを出て、領主館へ向かって歩き出した。

「……やっぱ注目されるな」

今朝から、外に出るとなんだか街の人の視線が気になる。

メグジス防衛戦の一番の功労者になってしまった俺は、めちゃくちゃ注目を浴びるようになってしまった。視線の大半には感謝と尊敬の思いが込められているのだが、一部あまりよく思っていない人間もいるようだ。今朝多額の褒賞金《ほうしょうきん》をもらったのと、いきなりAランク冒険者になってしまったからだろうか……面倒事は嫌いなので、今の心情は非常に複雑だ。

そんなことを思いながら、俺は領主館の門の前に立った。

「豪華《ごうか》だな」

領主館は白を基調とした西洋風の屋敷だ。

「どうぞ、中へお進みください」

男性騎士の言葉を聞いて、俺たちは門をくぐった。

門をくぐって先に進むと、領主館の扉の前に一人の老執事《ろうしつじ》がおり、丁寧《ていねい》に頭を下げた。

「初めまして。私はガラント伯爵家《はくしゃくけ》の家宰《かさい》を務めております、トリスタンと申します。ディンリード様がお待ちです」

トリスタンは礼儀正しく挨拶《あいさつ》をすると、領主館の扉を開ける。

うわー、なんか急に緊張してきた。《精神強化《せいしんきょうか》》！　仕事しろ！

そんな感じで突然湧き出てきた緊張を頑張って（？）抑《おさ》えながら、ニナのあと続いて領主館の中に入った。

領主館の中は……うん。もう、凄いや。

床にはレッドカーペットが敷《し》かれ、エントランスホールは広くて開放感があり、窓から差し込む光が明るく照らしていた。内装のきらびやかさに感嘆しつつ、俺は辺りをキョロキョロと見回しながら、トリスタンの案内で、ひときわ豪華な扉の前まで来た。

「こちらが応接室になります。どうぞ中へお入りください」

トリスタンは扉を開けると、俺たちに入るよう促《うなが》した。

「行きましょ」

「ああ。会ったことがある人なのに、場所が変わるだけでこんなに緊張するものなんだな……」

俺は軽くため息を吐《つ》きながらニナに言うと、あとに続いて応接室に入った。

応接室の中央に机があり、その両側にはソファが置かれている。壁には絵画《かいが》、棚《たな》には壺《つぼ》が飾られており、その全てが高級そうだった。

俺は応接室の家具に驚きつつ、ニナと並んで座ると、シュガーとソルトを膝《ひざ》の上に乗せた。

前方には真面目な顔でソファに座るディンリードがいる。

ディンリードの後ろにトリスタンが立つと、ディンリードが口を開いた。

「まずはお礼を言うべきだな。メグジスを救ってくれたこと、感謝する」

ディンリードはそう言うと、深く頭を下げた。

おお。いきなり貴族が頭を下げるのか。まあ、こういうのって結構好感持てるよね。

「既《すで》に冒険者ギルドのバラックから褒賞が与えられていると思うが、君たち二人には、私からも褒美を与えようと思う」

ディンリードは頭を上げると、机の上に白く輝く大きなコインを二枚置いた。

そのコインには、金槌《かなづち》の絵が彫ってある。裏返すと、俺の名前も彫ってあった。

「それがあれば、王都のドルトン工房の長《おさ》、ドルトンに依頼することができるぞ」

「そ、それは凄いですね……」

ニナはコインを手に取ると、目を見開いた。

「ニナ、ドルトンって誰なんだ？」

「王都にいる有名なドワーフの鍛冶師《かじし》よ。ドルトン工房の工房長で、推薦《すいせん》コインがないと依頼を受けてもらえないの。コインは何かしらの功績《こうせき》を立てることで、貴族やギルドマスター、偉《えら》い人からもらうことができるわ。腕がよすぎて、依頼をする人を絞らないと回らないのよ」

「なるほど……それは凄いな」

俺も鍛冶師には依頼してみたかったので、推薦コインをもらえたのは純粋に嬉《うれ》しい。

「それと、二人にはこれもあげよう」

ディンリードはそう言うと、机の下から二つのガラス球《だま》を取り出した。

「それはなんですか？」

俺はガラス球を指差して、そう尋《たず》ねる。

「これはスキル水晶《すいしょう》だ。王都のダンジョンの宝箱から出たもので、なかなか貴重なんだぞ。あ、スキル水晶というのは、手をかざして魔力を込めることで、特定のスキルを入手することができる魔道具さ。ただし、一回限りの使い捨てだ」

ディンリードはこのガラス球について、丁寧に教えてくれた。

それにしても、王都にはこんな便利なものが出てくるダンジョンがあるのか。ディーノス大森林のダンジョンではこんなもの出てこなかったな。

「それで、これにはなんのスキルが入っているんですか？」

「ああ。これには《付与《ふよ》》、こっちには《体術《たいじゅつ》》が入っているな」

俺の問いに、ディンリードが答える。それじゃ、俺が欲しいスキルは一択《いったく》だ。

「俺は《付与《ふよ》》が欲しいな。というか、《体術《たいじゅつ》》は既に持っているんだ」

そう言いながら、ニナのほうを見る。

「私はどっちも持っていないから、《体術《たいじゅつ》》を選ぶわ」

選ぶものが被《かぶ》らなかったことに、俺は息を吐いて安堵《あんど》した。

「それに、《付与《ふよ》》は私が持ってても意味がないわ。これは特定の天職の者だけが使える固有スキルで、武器や防具などに特殊な効果を付けることができるの。錬金術師であるあなたにはぴったりのスキルね」

その瞬間、俺は目を見開いた。

「ということは、武器や防具の耐久力を上げたり、切れ味を強化できたりするってことか？」

俺はグイッとニナに顔を近づけると、そう問いかけた。

「え、ええ。そうよ。あと近い……」

ニナは引き気味に頷いた。

「すまん」

謝ってから、元の体勢に戻る。

「うん。このスキルは結構いいぞ」

思わず独り言を呟《つぶや》く。素晴らしいスキルを手に入れたことに、興奮が抑えられない。

「さ、早速使ってもいいですか？」

「気に入ってくれたようで何よりだ。早速使ってみるといい」

俺の問いかけに、ディンリードはにこやかに笑いながら、そう言った。

よし。許可をもらえたので、早速使ってみよう。

「やるか……」

俺はドキドキしながらスキル水晶に手を当てると、少しだけ魔力を流した。


『スキル、《付与《ふよ》》を取得しました』


「よし、手に入れた」

このスキルはモノづくりをする上でめちゃくちゃ役に立つぞ。

「それじゃあ、私も」

ニナも俺に続いてスキル水晶に手を当てると、魔力を流した。

「……うん。取得できた」

ニナは小さくガッツポーズをして、そう言った。

「二人とも取得できたようだな。ではこれで領主としての話は終わりだ……よし、ここからは気楽に話すぞ」

領主としてやるべきことを終わらせたディンリードは、砕《くだ》けた口調になった。

「まずは……頼む！　シュガーとソルトをもふもふさせてくれ！　あのもふもふをまた堪能《たんのう》したい

んだ！」


ディンリードは両手を合わせると、全力で己の願望を伝えてきた。

あ、そういえばディンリードもこの子たちのファンだったたな。

「いいですよ。嫌がることさえしなければ」

俺はそう言うと、シュガーとソルトをディンリードに抱かせる。

「ああ……やっぱりいいな。この毛並み、愛らしい顔、仕草。堪《たま》らない……」

ディンリードはシュガーとソルトを優しく撫でて、癒されていた。やっぱりもふもふは正義だな。

彼が癒されている間に、俺は頭の中でスキル《付与《ふよ》》の詳細を見る。

ふーん。なるほど、なるほど。

魔法を付与することで、様々な効果を付けられるのか……ただ、アイテムによって、付与できる数には限りがあるようだ。そして、魔法の属性によって効果が異なるらしい。

例えば火属性なら攻撃力上昇《こうげきりょくじょうしょう》、風属性なら俊敏性上昇《しゅんびんせいじょうしょう》というような感じだ。

「あとでたくさん試してみよう」

俺は応接室の天井を眺めながら、そう呟いた。

◇　◇　◇

「ありがとな。これで仕事の効率が二割増しだ」

思う存分シュガーとソルトをもふもふし終えたディンリードが、満足げな表情でそう言う。

百倍とか言わず、二割増しと言う辺り、本音っぽいな。

「それで、お前たちはこれからどうするんだ？」

「俺たちはここで少しのんびりしてから王都に向かうつもりです。王都で依頼を受けたり、ダンジョンに入ったり、図書館に行ったり、工房に行ったりするつもりです」

王都でやりたいことはいくつもある。それを想像すると、修学旅行前日のようにわくわくしてくる。

「なるほどな。ところで、王都に行く途中にある街、ウェルドには滞在せず、素通りしたほうがいい。君たちは強い。あそこの領主に見つかったら、家臣になるようしつこく言ってくるだろう。そして、その要求を断ったら、頷くまで刺客を送り込んでくるからな。本当に気をつけたほうがいいぞ。本当だからな」

「わ、わかりました」

俺は念押しするディンリードの言葉に、若干引きつつも頷いた。

ウェルドの領主とはあまりかかわらないほうがよさそうだが、クソ貴族を成敗するというラノベ的な展開もありか？

いや、わざわざ喧嘩を売って、ニナに危険が及んだらマズい。まあ、相手から危害を加えようとしてきたら話は別だけど。

「ありがとうございました」

話が終わり、俺とニナは応接室のドアの前で頭を下げた。

「ああ。またこの街に来たら、会いにきてくれよ！」

ディンリードは笑いながら手を振った。

その後、俺たちはガラント家の家宰、トリスタンに見送られながら、領主館の外に出た。

「俺は《付与《ふよ》》の実験をしてくるよ。ニナは？」

「私は街を散歩してくる。ずっと側にいたら邪魔だろうしね」

「別に邪魔ではないけどな」

さっきはモノづくりに熱中していたせいで、ニナがいることを忘れかけていた。

なので、鬱陶《うっとう》しく思うこともなかった。しかし、側で見ててほしいというわけでもない。

「夕方には冒険者ギルドに戻ってくるつもりだ。それじゃ」

俺はそう言ってニナと別れると、人目につかない路地裏《ろじうら》に向かった。

「行くか。《長距離転移《ロングワープ》》」

シュガーとソルトと共にディーノス大森林にある自分の家の前に転移する。

家の中に直接転移すればよかったのだが、それを思いつく程、俺は賢《かしこ》くない。

その結果……ビビビビー！

ポケットに入れてある警報装置の受信機が鳴り響いた。

「うるさっ！」

俺はそう叫ぶと、受信機のアラームを止めた。家から半径五メートル以内に魔力を持つ生き物が侵入すると、この音が出るようになっている。自分で作った装置に自分で引っかかるとは……

「これでよし。では、ただいま～」

「ただいま～」

「ただいま」

「うむ。ただいま」

受信機の音を止め、気を取り直して、俺たちはドアを開けて、家の中に入った。

「やっぱ家は落ち着くな。《浄化《じょうか》》」

俺は《浄化《じょうか》》で家の中を掃除すると、リビングのソファに座った。

「ふぅ。昨日は大変じゃったのう」

「ああ。そうだな」

ダークの言葉に、俺は軽い口調で同意する。

剣の姿をしているダークは、普段人がいるところでは話さないようにしているが、俺たちだけの時は、こうして普通に会話をする。

「それで、あの剣の振り方はなんじゃ！　大体――」

ずっと我慢していたのか、開口一番、毎度おなじみのダークの説教が始まった。

最初のほうは、ためになる助言が聞けるかと期待していたのだが、なんせ超感覚派のダークだ。

その考えは甘かった。俺はダークの説教を聞きながら、《並列思考《へいれつしこう》》でこれからやることについて、あれこれ考える。

「お、終わったか？　じゃ、早速やってみよう」

ダークの気が済んだ頃合いを見て、俺は立ち上がると、作業室へ向かった。

さぁ、ここからはスキルの実験の時間だ。

「まずは……これにしてみようっと」

俺は《無限収納《インベントリ》》から大型のリボルバーを取り出すと、作業台の上に置いた。

これはディーノス大森林にいた時に自作したものなのだが、改良を繰り返しすぎて、リボルバーというより、ショットガンっぽい見た目になっている。

「耐久力上昇《たいきゅうりょくじょうしょう》は……土属性だな。《付与《ふよ》》！」

俺はリボルバーに耐久力上昇の効果を付与した……はずなのだが――

「あれ？《付与《ふよ》》が使えない？」

何度か《付与《ふよ》》を使ったが、スキルが発動することはなかった。

「もしかして、今のレベルだと無理なのかな？」

リボルバーはアダマンタイト製だ。アダマンタイトは、この世界で一、二を争う程に耐久力の高い金属。それを考慮《こうりょ》すると、レベル1の《付与《ふよ》》では、効果を付けることができないというのも納得がいく。

「それなら、ひとまずこれにしてみるか」

俺は《無限収納《インベントリ》》から、ダンジョンのドロップ品の一つである鉄の剣を取り出した。

これなら丁度いいだろう。

「攻撃力上昇を、《付与《ふよ》》！」

よし。今回はちゃんと効果を付与できたようだ。

「うん。ちゃんと使えた」

俺は鉄の剣をまじまじと見つめながら、満足してそう言った。

「それじゃ、比較してみるか」

切れ味を比較するために《無限収納《インベントリ》》から二つの岩と鉄の剣をもう一本取り出した。

「はっ！」

ただの鉄の剣を構え、岩に振り下ろす。

ガキン！

大きな音と共に、岩は綺麗《きれい》に割れた。

「次はこっちだな。はっ！」

次に攻撃力上昇の効果を付与した鉄の剣を、もう一つの岩に振り下ろす。

ザン！

先程よりも軽快に、もう一つの岩も綺麗に割れた。

「なるほどな。確かに切れ味はよくなっている」

攻撃力上昇を付与した鉄の剣のほうが、岩を切る際の手応えが少し軽い。

「これに追加で鉄の剣に耐久力上昇をつけられたりは……しないか」

鉄の剣には一つの効果しか付与することができないようだ。

まあ、ただスキルのレベルが足りない可能性もあるけどね。

「……他に何か《付与《ふよ》》できそうなものは……あ！」

俺は手をポンと叩くと、《無限収納《インベントリ》》から銃弾《じゅうだん》を取り出した。

「こいつに《付与《ふよ》》を使ったら凄いことになりそうだな」

攻撃力上昇を付与すれば、威力を上げることができる。

いや、俊敏性上昇を付与すれば発射速度が上昇して、速度が上がると、威力も上昇する。

一度の《付与《ふよ》》で二つの効果を得ることができる！

「そうと決まれば、《付与《ふよ》》！　《付与《ふよ》》！　《付与《ふよ》》！　《付与《ふよ》》！」

俺は持っている銃弾のほぼ全てに、俊敏性上昇の効果を付与した。


『《付与《ふよ》》のレベルが2になりました』


「さっきの剣に続いて、これも実験してみるか」

そう言いながらリボルバーに銃弾を込めると、俺は家の外に出た。

「この辺に置いてっと……」

アダマンタイト製の壁を置き、そこに銃口を向ける。そして、引き金を引く。

パン！

乾《かわ》いた破裂音《はれつおん》と共に放たれた銃弾は、アダマンタイト製の壁に深くめり込んだ。

「凄ぇな。そして弾速も速い。俺ですら避《よ》けるのは難しいな」

基本俺はあらゆる攻撃を視認《しにん》せずとも感覚で避けられるのだが、この銃弾は三回に一回、まぐれで避けられるかどうかだ。それ程までに、今の弾速は速かった。

「しかも、これでまだ《付与《ふよ》》のレベルは2なんだよな」

もしこれがレベル10になったら、銃弾の速度はどうなるのだろうか。

「楽しみだ」

俺はニヤリと笑うと、引き続き《付与《ふよ》》の実験を進めた。


『《付与《ふよ》》のレベルが3になりました』

◇　◇　◇

しばらくして――

「そろそろ帰ろうかな」

夕焼けで赤く染まった空を眺めながら、俺はそう呟いた。

この数時間で、《付与《ふよ》》についての理解がだいぶ深まった。

まず、今付与できる効果は、火属性の攻撃力上昇、水属性の魔法攻撃耐性上昇《まほうこうげきたいせいじょうしょう》、風属性の俊敏性上昇、土属性の耐久力上昇、光属性の耐汚染性上昇《たいおせんせいじょうしょう》の五つだ。

《付与《ふよ》》のレベルが3に上がった時に、耐汚染性上昇が付与できるようになったことから、今後レベルを上げていけば、付与できる効果も増えていくだろう。

《付与《ふよ》》のレベル上げは今夜本格的にやろう。《長距離転移《ロングワープ》》

俺は《長距離転移《ロングワープ》》を使って、メグジスの路地裏に転移した。

「よっと。それじゃ、冒険者ギルドに行くか」

ニナとの待ち合わせ場所になっている冒険者ギルドへ向かう。

冒険者ギルドに入った俺は、酒場でのんびりしていたニナに駆け寄った。

「ニナ、待たせたな」

「全然待ってないから問題ないわ。それじゃ、宿に行きましょ」

ニナは立ち上がり、そう言った。

「そうだな」

俺は頷くと、ニナと共に冒険者ギルドの向かいにある宿へ向かう。

宿に入ると、食事の準備をしている女将《おかみ》が俺たちに気づき、近づいてきた。

「女将さん！　一人部屋を二つお願い」

ニナは女将に元気のいい声でそう言った。

「まいど。そういえば、あんたたち二人がこの街を救ってくれたんだってね。私たちの街を守ってくれてありがとう。せめてものお礼に、今晩はタダで泊まらせてあげるよ」

断るのもあれだし、ここはお言葉に甘えるとしよう。

「ありがとう。女将さん」

「ありがとうございます」

俺たちは女将に頭を下げて、礼を言った。

「礼なんていいよ。はい、鍵《かぎ》」

女将はニコニコと笑いながら、俺たちに部屋の鍵を渡してくれた。

「部屋は取れたし、夕食の時間になるまで休みましょう」

「そうだな」

俺はニナの言葉に頷くと、二階に上がり、２０２号室に入った。

◇　◇　◇

しばらく休憩してから食堂へ行き、食事をしていたのだが……

今俺の前には人だかりができている。

そして、その人だかりの中心には、尻もちをついている一人の男性がいた。

その男性は、周囲から飛んでくる怒号《どごう》に震《ふる》えている。

何故《なぜ》こうなったのか……

十分前――

俺はみんなと楽しく酒を飲んでいた。

「英雄《えいゆう》の誕生に乾杯《かんぱい》だ！」

「メグジスを救ってくれた英雄に感謝だ！」

食堂にいた冒険者たちが次々に声をかけてくる。

コミュ障が少し治って、みんなと騒ぐことが好きになりつつある俺は、笑顔で乾杯をした。

「はぁ～、美味い」

酒を飲み、串焼きを頬張って、腹を満たしながら雑談する。

そんな楽しい時間を満喫している最中に、宿の扉が勢いよく開いたのだ。

そして、腰に剣を差した、軽装備の若い男性が入ってきた。

「冒険者のレインとニナはいるか？」

若干高圧的な態度で、男性は俺とニナの名前を呼んだ。

「俺がレインだが、何か用か？」

俺は立ち上がり、男性に問いかける。

「お前がレインか。喜べ。ウェルドの領主、ゴウマーンド伯爵様がお前を雇《やと》ってくださる。至急私についてこい」

この男性の言葉を聞いた瞬間、俺は深くため息を吐いた。

ディンリードが、ウェルドの領主には気をつけろと言っていたことを思い出したからだ。

それにしても、ここでその領主の名前を聞く羽目になるのは予想外だった。

てか、変な名前だな……いや、人の名前を馬鹿《ばか》にしてはいけないな。うん。人の名前は絶対に馬鹿にしてはいけない……ぷぷっ……

「……あのさ、ニナ。ウェルドまではここからどのくらいかかるんだ？」

俺たちが街を救ったのは昨日だ。

この世界での移動は基本馬車だし、こんなに早く来れるものなのか……？

「普通の馬車なら二日だけど、早馬なら半日で来れるわ。ウェルドはここから一番近い街だしね」

「なるほどな」

俺は納得して、頷いた。

それにしても、そこまでして俺たちを部下にしたいのか。だが、俺は誰かの下につくつもりはない。自由でいたいのだ。

「悪いが、俺は誰かに仕《つか》えるつもりはない。ゴウマーンド伯爵様にはそう伝えておいてくれ」

そう伝えたものの、あれだけ高圧的な態度を取っていた人間が、簡単に引き下がるわけがない。

「ゴウマーンド伯爵様の命令だ。素直に従え、平民が。あと、私は騎士爵《きししゃく》だ。もっと言葉遣《ことばづか》いに気をつけろ」

男性は身分を利用して、横暴なことを言う。なんというか、主従そろって傲慢《ごうまん》だな。

「何を言われようが、俺は仕えるつもりはない。特にお前の主みたいな傲慢なやつにはな」

俺は思ったことを素直に言った。すると、ここで男性がブチギレた。

「下賤《げせん》な平民が。こんな廃《すた》れた辺境を守った程度で調子に乗るな。雑魚《ざこ》を配下にしてくださるゴウマーンド伯爵様が、傲慢だと？　無礼な！」

男性はそう怒鳴《どな》ると俺に近づいてきた。そして、腹に殴りかかってきた。

まあ、素直にやられてやる程、俺はお人好《ひとよ》しじゃない。

「はっ」

俺は腕を掴むと、男性を床に投げ飛ばした。

「がっ……この野郎……」

もう少しこらしめてやろうと思ったのだが、俺が手を下すまでもなく、男性の傲慢な態度が消えた。何故かって？

俺とニナを除く全員が、この男性を非難したからだ。

「黙って聞いていれば……クソみたいなことを言いやがるな」

「英雄に対してなんたる言い草だ」

「俺たちを守ってくれた英雄によくそんなことが言えたな！」

「そもそも仕える仕えないは本人が決めるんだ！」

「廃れた辺境だと？　俺たちの街を馬鹿にするな！」

「あんなに強かったレインを雑魚扱いするな！」

みんな怒号を飛ばし、男性を囲《かこ》む。こうして、今の状況が出来上がったわけだ。

「みんな！　もういいだろ。わがままな子供をいじめるのはやめよう」

俺の言葉に、みんなは大爆笑する。

「あはははは。そうだな。英雄からしてみれば、赤子の手をひねるようなものだよな」

「そうだな。子供は軽く叱っとくぐらいでいい」

食堂にいた冒険者たちは口々にそう言うと、元の場所に戻っていった。

いや、もう何百年も生きている俺にしてみりゃ、普通に子供なんだよなぁ……

「そういうことだから、伯爵様には仕えないと言っといてくれ。あと、金輪際《こんりんざい》俺たちに関わらないように。関わったら相応の報いを受けてもらうからな」

俺はそう言うと、男性を睨《にら》みつけた。

「……チッ」

男性は逃げるようにして、宿から出ていった。さっきまでの傲慢な態度はもうない。

「これでよし。それじゃ、引き続き飲むぞ！」

「「「「おう！」」」」

冒険者たちが高くグラスを掲げた。

このあと、俺たちは夜遅くまで酒を飲み、騒ぎまくった。

◇　◇　◇

「ニナ、おやすみ」

「うん。レイン、また明日」

食事を終えた俺は、ニナと別れると部屋に入った。

「シュガーとソルトは寝ててくれ。俺にはやることがあるから」

「はーい！　おやすみ」

「おやすみなさい。マスター」

二匹は俺の両肩から飛び下りると、ベッドにダイブした。そして、そのまま布団の中に潜《もぐ》り込《こ》んで、寝てしまった。

「ダークはどうする？　あの魔法を使うから、一緒にいたら何十年も、俺の作業を眺め続けることになるぞ」

俺は腰にいるダークにそう問いかける。

「わしはずっとお主の側にいる。これは絶対じゃ。何故なら、剣を己の身から離すのはわしが許さんからじゃ」

ダークは俺が、剣である自分を体から離すことをよしとしない。

剣を肌身離さず持つのは剣士の心得らしい。

「そういやそうだったな。前に、寝る時も手が届く範囲に置けって、説教されたんだった。そんなダークが何十年も俺から離れるわけないよな」

半ば呆れつつも、ダークの言葉に頷く。

「それじゃ、やるか。《並列思考《へいれつしこう》》《時空結界《じくうけっかい》》」

俺は自身を中心とした半径一メートル、高さ二・五メートルの範囲を、《時空結界《じくうけっかい》》で覆《おお》った。

この結界内は、外と時間の進む速度が異なる。森の中では、それほど使うタイミングがなかったが、ニナと行動を共にしている今、この魔法はかなり便利だ。

今回は、この結界内でだいたい百年が、外での一日になるように設定した。

これくらいにしておけば、朝になる時間と、作業を終える時間が丁度同じになるだろう。

「じゃ、早速作業……の前に少し寝るか」

俺はそう呟くと、そのまま横になった。眠気を消す魔法もあるのだが、睡眠という癒しをなくすことを、俺はよしとしない。これは、俺のこだわりだ。

「ふあぁ……そろそろやろうかな」

起きてから食事を手短に済ませると、早速《付与《ふよ》》のレベル上げに取りかかる。

「付与、解除、付与、解除、付与、解除」

俺は鉄鋼《てっこう》の塊《かたまり》に適当な効果を付与し、解除という動作を繰り返した。

付与した効果を消すことも、《付与《ふよ》》のスキルでできることの一つだ。ただし、消すことができるのは自分が付与した効果のみだ。

『《付与《ふよ》》のレベルが4になりました』

レベルが上がったら、新たにできるようになったことをステータス画面で確認する。

「……お、物理攻撃耐性上昇《ぶつりこうげきたいせいじょうしょう》の効果を付与できるようになったな」

レベル4になると、氷属性の魔法で物理攻撃耐性上昇の効果を付与できるようだ。

他にも、銀に《付与《ふよ》》が使えるようになったり、魔力の込め方で効果の強弱を変えられるようになったりした。

「……うん。じゃ、再開しよう」

そして、確認が終わると、再びレベル上げに専念する。

「……そろそろダークを振るか」

少しレベル上げをしたら、立ち上がってダークを振る。

ずっと座りっぱなしでは体に悪いし、何より剣の腕が鈍《なま》るからだ。

あれほどの年月を費やして手に入れた剣の技量を衰《おとろ》えさせるわけにはいかない。

「……次はレベル上げ」

二時間程素振りをしたところで俺はダークを鞘《さや》におさめると、《付与《ふよ》》のレベル上げを再開する。

『《付与《ふよ》》のレベルが5になりました』

『《付与《ふよ》》のレベルが6になりました』

『《付与《ふよ》》のレベルが7になりました』

『《付与《ふよ》》のレベルが8になりました』

『《付与《ふよ》》のレベルが9になりました』

『《付与《ふよ》》のレベルが10になりました』

「よし、終わった……」


結構時間はかかったが、なんとか《付与《ふよ》》のレベルを最大の10まで上げることができた。

《付与《ふよ》》のレベルを上げていて思ったのだが、このスキルは俺が思ってた以上に奥が深い。

《付与《ふよ》》のスキルは、各属性で一種類ずつ、計十種類の特殊な効果をつけることができる。

だが、属性を組み合わせることで、その十種類以外の特殊な効果を付与することができるのだ。

例えば、光属性と闇属性を組み合わせることで、自動追尾《じどうついび》という効果を付与することができた。

組み合わせができるようになって、俺は武器をどんどん魔改造していった。

ここで少しだけ、《付与《ふよ》》を使って更に強くなった俺の武器を紹介しよう。


【魔導銃《まどうじゅう》】

アダマンタイトで作られたリボルバー。電磁加速《でんじかそく》を利用して、超高速で銃弾を飛ばす。

（付与）

・耐久力上昇　・物理攻撃耐性上昇　・魔法攻撃耐性上昇
・物理攻撃反射《ぶつりこうげきはんしゃ》　・魔法攻撃反射《まほうこうげきはんしゃ》

【銃弾《じゅうだん》】

鉛《なまり》、銅《どう》、亜鉛《あえん》、極少量のミスリルで作られた銃弾。

(付与)

・耐久力上昇　・自動追尾　・俊敏性上昇　・消滅《しょうめつ》

【ダーク】

刀身はオリハルコンとアダマンタイトの合金、持ち手はエルダートレント材で作られた剣。ダンジョンマスター。

(付与)

・耐久力上昇　・物理攻撃耐性上昇　・魔法攻撃耐性上昇

・攻撃力上昇　・耐汚染性上昇　・魔力伝導性上昇《まりょくでんどうせいじょうしょう》

【古代龍《こだいりゅう》の指輪《ゆびわ》】

ミスリルとエンシェントドラゴンの魔石で作られた指輪。魔法発動体として非常に優秀。

（付与）
・耐久力上昇　・物理攻撃耐性上昇　・魔法攻撃耐性上昇
・魔力伝導性上昇　・物理攻撃反射　・魔法攻撃反射

まあ……これらの武器ははっきり言って、ヤバい。

この中で一番作るのに苦労したのは、銃弾に付与した消滅《しょうめつ》の特殊効果だ。

これは、銃弾を飛ばしたら十秒後にその銃弾を塵《ちり》にする効果で、飛ばした銃弾が誰かに拾われて、悪用されるのを防ぐ。

いい素材程、たくさんの効果を付与できるので、銃弾にミスリルをちょっとだけ混ぜた。

これだけで、一つ多く効果を付与できるのだから最高だ。

あとは……あ、リボルバーに魔導銃っていう名前をつけたんだよな。ネーミングセンスがない俺にしては、いい名前だと思っている。

「……それで、何年かかったんだ？」

俺は何年かかったのかを確認するためにステータスを見た。

「えっと……九百三十五歳か。ということは……六十七年かかったのか」

予想通りだと思いながら、俺は道具を片付けると、《並列思考《へいれつしこう》》と《時空結界《じくうけっかい》》を解除した。

「はぁ～……頑張った」

「あ、ご主人様、おはよう……」

「おはようございます……マスター……」

「ああ。おはよう」

結界の外は朝になっており、シュガーとソルトが起き上がって寄ってきた。

「レイン。ご飯食べよ～」

丁度ニナが俺の部屋の前に来て、朝食に誘われる。

「わかった。今行く」

俺は返事をすると、シュガーとソルトを両肩に乗せた。

「六十七年ぶりの再会だな」

そう呟いて、ドアを開けた。

「ニナ、おはよう」

意外にも、懐かしいとは思わなかった。ニナと会ったのが昨日のことのようだ。まあ、実際最後に会ったのは昨日なんだけどな。

「うん。おはよう……て、何かあったの？　昨日とちょっと雰囲気が違う気がする……」

ニナは首をかしげると、俺にそう問いかけた。

これが女の勘ってやつなのか？　前世では関わることのないものだったからわからんが……

「そうか？　今日は寝覚めがいいからじゃないかな？」

俺は咄嗟に適当なことを言ってごまかした。

「そうなんだ。それじゃ、朝食を食べにいこ」

ニナが元気よくそう言う。

「そうだな」

俺はふっと笑うと、ニナと共に一階の食堂へ向かう。席に座った俺たちは、朝限定の定食を頼んだ。

「それで、今日はどうする？」

「う〜ん……ひとまずは王都に向かう馬車の護衛依頼がないか確認しにいきましょ。それを見た上で、そのあとどうするのかを決めればいいわ」

「そうするか。てか、俺ずっと言いたかったんだけど、馬車に乗っていくよりも、シュガーたちに乗ったほうが速いし楽だと思うんだ。わざわざ依頼を受けなくてもいいんじゃないか？」

馬車イコール窮屈《きゅうくつ》と考えている俺は、移動するために護衛依頼を受けることが、実は少し不満だったのだ。

「確かに、そのほうが速いし楽ね。でも、依頼を受けるにはちゃんとした理由があるの。それは——お金よ。冒険者は、少しでも多く貯金しといたほうがいい。万が一、怪我や病気になって戦えなくなった時に、お金がたくさんあるに越したことはないからね」

ニナの言うことはもっともだ。日本とは違い、この世界にはもちろん保険金の制度などない。貯金がない状態で働けなくなってしまうと、生きていくことは困難だ。

「ある程度の怪我や病気はみんな治せるけど、手足の欠損とかは簡単には治せないからな……」

手足など体の欠損を治すことができる《完全回復《フルリカバリー》》は、光属性のレベルを9にしていないと使うことができない。この世界で使うことができるのは、恐らく俺だけだろう。

そんな大それた魔法、誰かに知られるわけにはいかないから、封印しておこう……と、少し前の俺は思っていたのだが、今は違う。

メグジスの防衛戦でニナが重傷を負ってしまったような危機が起こったら、全員の記憶を消してでも、この魔法を使うだろう。まあ、助けるのは親しい人に限定するけどな。

助ける義理のない人まで救ってたらキリがない。

「わかった。ただ、今後俺がいる限り、ニナは怪我や病気にはならないと思うぞ」

もう、前のようなことは起こさない。《回復《ヒール》》で治せない傷は、絶対にニナに負わせない。

それが、重傷を負わせてしまったことの、俺の結論だ。

「ふふっ、レインが言うと、安心できるわ」

「そうか。ただ、自分から危険なことをしにいくのはなしにしてくれよな？　それが本当に必要なことなら話は別だけど」

「う～ん……善処するわ」

「そこはちゃんと頷いてくれよ」

俺は深くため息を吐いた。

「それじゃ、冒険者ギルドに行くか」

「そうね」

朝食を食べ終えた俺たちは宿を出ると、目の前の冒険者ギルドに入った。

「昨日と比べると視線は減った気がするな」

視線の数は昨日の八割程度に減っていた。まあ、それでも注目を浴びていることに変わりはないが。

「そうね。まあ、この街にいる限り、注目されるのは仕方がないと思うわ」

「そうか……ちょっと《付与《ふよ》》で、防具につけられる認識阻害《にんしきそがい》の組み合わせを探してみることにするよ……」

俺はため息を吐いた。

「楽しみにしているわ。それじゃ、依頼がないか確認しましょ」

「そうだな」

俺は頷くと、ニナと共に掲示板へ向かった。掲示板の前には人だかりができている。だが……

ザザザザザ――

俺たちが来た途端《とたん》、モーゼの海割りのように人が去り、掲示板までの道ができた。

「な、なんか凄いな」

「え、ええ……」

その様子に唖然《あぜん》としつつも、みんなの気遣いに頭を下げて感謝しながら、足早に掲示板の前に行く。

「ん～と……あ、あった！」

ニナは一つの依頼票を指差しながら、そう言った。

「王都までの護衛。四月二十二日、午前九時から。期間は一週間から二週間くらい。一日ごとに銀貨二枚。Cランク冒険者以上。人数は四人。残り二人か。丁度いいな」

依頼票を見ながら呟く。てか、今って春なんだ……

この世界の暦《こよみ》が日本と同じなのは知っていたが、今日が何月何日かまでは知らなかったので驚く。

「そうね。じゃ、これを受けましょう」

ニナはそう言うと、依頼票を剥《は》がして受付へ向かった。

「この依頼を受けるわ」

ニナは受付の女性に依頼票を手渡した。

「わかりました。では、冒険者カードの提示をお願いします」

俺とニナは冒険者カードを取り出し、受付に置く。

「……はい。ありがとうございます。この依頼は明日の午前九時からになりますので、その十五分前にもう一度受付に来てください」

受付の女性はそう言うと、依頼票にハンコを押し、冒険者カードと共に俺たちに渡した。

「ありがとうございます」

礼を言い、ニナと受付から離れる。

「やっと王都に行ける」

俺は依頼票と冒険者カードを《無限収納《インベントリ》》にしまいながら、うきうきしつつそう言った。

「ふふっ、そんなに楽しみなの？　随分嬉しそうな顔ね」

ニナは、はしゃぐ子供を眺める親のような目で俺のことを見ている。

やめてくれ。俺をそんな目で見ないでくれ。俺の年齢は九百歳を越えているんだ……

「あ、ああ。まあな。やりたいことがたくさんあるからな。だが、急ぐ一番の理由は、ニナと色んなことをしたいからだ」

ニナは人間なので、一緒にいられる時間は限られている。

俺はその限られた時間を精一杯楽しみたいんだ。

ニナは急に顔を真っ赤にすると、勢いよく横に背けた。

「い、色んなこと……」

「ど、どうしたんだ？　大丈夫か？」

俺はニナにそう問いかける。

「大丈夫よ。心配してくれるのね……」

ニナは俺を見るとそう言った。

「当たり前だ。急に様子がおかしくなったんだから、心配するに決まってるだろ？」

「そう……ありがとう。レインは優しいわね」

ニナは更に頬を赤くすると、笑みを浮かべた。

「当然のことを言っただけだ。それで、このあとはどうする？」

「えっと……そうね。休みすぎはよくないから、今日も依頼を受けましょう」

「そうだな」

俺はニナの言葉に頷くと、モーゼの海割りが再び起きないように、気配を消しながら掲示板へ向かう。

「ん～……今回はこれにしましょう」

ニナが人だかりに押し潰されながら、三枚の依頼票を剥がし、俺に渡す。

「ヒポテテ花《ばな》の葉の採取《さいしゅ》と、ゴブリン、オークの討伐《とうばつ》か」

「そうよ。冒険者をやる上で、薬草採取の依頼は最初に経験しといたほうがいいわ。そして採取するついでに、ゴブリンやオークを討伐する依頼もこなせば、そこそこ稼げるしね」

「なるほどな。じゃ、受けよう」

俺は依頼票を手に受付へ向かった。

「この依頼を受けます」

そして、受付の女性に依頼票を手渡す。

「わかりました。では、冒険者カードの提示をお願いします」

俺とニナは冒険者カードを取り出すと、受付に置いた。

「……はい。ありがとうございます。お気をつけて」

受付の女性はそう言うと、先程と同じ動作で依頼票にハンコを押し、冒険者カードと共に俺たちに渡した。

「ありがとうございます」

礼を言い、ニナと受付から離れる。

「早速行きましょう」

「ああ」

俺たちは頷き合うと、冒険者ギルドの外に出た。そして、そのまま街の外に出る。

「今回は薬草採取の依頼だから、歩いたほうがいいわ。この子たちに乗って探すのは難しそうだから」

「そうだな。シュガーとソルトは自由にしててくれ」

「はーい」

「わかりました」

二匹は返事をすると、俺の両肩から飛び下りた。

そして、俺たちの周りを楽しそうに走り回る。

もふもふを撫でるのも癒されるが、自由に走り回っている姿を見るのもいいな。

てか、今更だがこいつらって《魅了《みりょう》》のスキルを持ってるとかないよな？

そう思い、二匹のステータスを改めて確認してみたが、《魅了《みりょう》》のスキルは持っていなかった。

「冷静に考えて、《魅了《みりょう》》のスキルがないのに、ギルドマスターと領主を虜《とりこ》にするのは凄いことだよな……」

俺は二匹の魅力に今更ながら驚く。

「そうね。私も色々な動物や魔物を見てきたけれど、この子たちが圧倒的一位の可愛さよ。表情や仕草がたまらなく愛くるしいのよね。きっと領主様やギルドマスターにも、そこがクリーンヒットしてるのよ。シュガーとソルトのファンである私が太鼓判《たいこばん》を押すわ」

「意外によく見てるんだな」

俺は思わず感心した。ずっと一緒に過ごしてきた俺でも、そういった視点で二匹のことを見たことはなかった。

「ファンとして、シュガーとソルトに対する思いは誰にも負けないわよ。たとえレインであっても……」

ニナが力強くそう言う。

「そうか……が、頑張れ」

ニナの熱意に若干引きつつも、俺は応援した。

そんなことを話しながら、俺たちはヒポテテ花の葉を採取するため、森の中へ入る。

「今回採取するのはこの絵にあるヒポテテ花の葉っぱよ。それを五十枚集めれば依頼達成ね」

「これを五十枚か……」

依頼票に描かれた花は、地球のタンポポに似ていた。特徴的な花なので、薬草採取が初めての俺でも簡単に見つけられるだろう。

「ニナ、ヒポテテ花の葉って何に使われるんだ？」

俺は疑問に思ったことをニナに聞いてみる。

「ヒポテテ花の葉は、初級回復薬を作るのに必要なのよ。レインが《錬金術《れんきんじゅつ》》のスキルを使えるのなら、作れる薬よ」

「そうなのか……ただ、俺は回復魔法が使えるから、わざわざ回復薬を作る必要はないな」

「そうね。初級回復薬は劣化版《回復《ヒール》》みたいなものだからね。ただ、魔法が使えない人にとっては便利なものよ。簡単に作れるから、安価で売られているの。値段は小瓶《こびん》で小銅貨四枚だったかしら？」

「小瓶一つで四十セルか。かなり安いな」

それなら効果が限定的だとしても、多くの人が買うだろう。

そんな会話をしつつ、俺は辺りをキョロキョロと見回しながら、ヒポテテ花を探した。

「ん～と……あ、これだな」

木の根元に生えていたのは、どっからどう見ても『タンポポだろ！』とツッコミを入れたくなるぐらい似ている花だった。

俺は、その花の根元にある葉に《鑑定《かんてい》》を使う。


【ヒポテテ花の葉】

僅《わず》かな回復作用がある。加工すれば、初級回復薬になる。

「よし。ヒポテテ花で間違いないようだな」

俺はしゃがむと、ヒポテテ花の葉に優しく触れた。

ヒポテテ花の葉っぱは、ススキの葉を小さくしたような見た目をしている。

「そうね。採取するのは葉っぱだけだから、根や花は取らないでね。葉っぱだけならなくなっても、少し経てばまた生えてくるから」

「わかった」

そう言いながらヒポテテ花の葉っぱを掴むと、そのままプチッと引きちぎった。

「これで四枚採れたってことでいいんだよな？」

俺は採取した四枚の葉っぱをニナに見せ、そう聞く。

「ええ。その調子であと四十六枚集めればいいわ」

「わかった。思ったよりすぐに終わりそうだな」

俺は頷くと、採取した葉っぱを《無限収納《インベントリ》》にしまった。

「よっこらしょっと。他にもないかな……ん？」

立ち上がった時、俺はこちらに近づいてくる魔物の気配を感じ取った。

「ニナ、魔物が近くにいるぞ」

「そうね」

俺たちは頷き合い、即座に戦闘態勢に入る。

「ギャギャギャギャ」

すると、前方から十体のゴブリンが姿を現した。

「はっ！」

俺は一瞬で距離を詰め、そのまま居合《いあい》切《ぎ》りで十体全ての首を切り落とした。

十個のゴブリンの首は、ほぼ同時に地面に落ち、胴体も同じタイミングで地面に倒れた。

ニナと手分けしてゴブリンの右耳と魔石を採取し、死体を焼却する。

「十体倒したから、これでゴブリンの討伐依頼は達成だな」

ゴブリンの右耳と魔石を《無限収納《インベントリ》》にしまいながら、そう呟く。

「あとはオークの討伐とヒポテテ花の葉の採取ね。まあ、採取をしていればきっとオークも出てくるだろうから、わざわざ探しにいく必要はないわね」

「わかった。じゃ、採取を再開するか。《並列思考《へいこうしこう》》《思考加速《しこうかそく》》」

俺はスキルを使うことで、より効率よくヒポテテ花を探し、その葉を採取することにした。


「よし。終わった」

俺たちは三十分程かけて、ヒポテテ花の葉、五十枚の採取を完了した。

更に、採取の合間に襲《おそ》いかかってきたオークを十体討伐していたため、これで受けた三つの依頼は全て達成したということになる。

「それじゃ、帰りましょ」

「ああ。だが、その前に……」

俺は《念話《ねんわ》》で、どこかで走り回っているシュガーとソルトを呼んだ。

『シュガー、ソルト、帰るぞ』

タタタタタッ。

すると、森の奥から小さくなったシュガーとソルトが走ってきた。そして、俺の両肩に飛び乗る。

「《浄化《じょうか》》っと。楽しかった？」

俺は二匹を綺麗にすると、優しく撫でながらそう問いかけた。

「うん。楽しかった！」

「ええ。楽しかったです」

二匹が嬉しそうにそう言う。

「それはよかった。それじゃ、街に戻るか」

「そうね。戻りましょう」

依頼を終えた俺たちは、そのままメグジスへ向かって歩き出した。

街に入ると、冒険者ギルドへ向かう。またもや注目されたが、視線を気にせず受付へ向かった。

「依頼完了の報告をしにきました」

俺は《無限収納《インベントリ》》から三枚の依頼票を取り出すと、受付の女性に手渡した。

「……はい。それでは討伐証明部位とヒポテテ花の葉を出してください」

「わかりました」

俺は頷くと、《無限収納《インベントリ》》からゴブリンとオークの右耳と、五十枚のヒポテテ花の葉を、それぞれ分けて置いた。

「数えますので、少々お待ちください」

受付の女性は木箱を取り出すと、その中に一枚ずつ葉っぱを入れていく。

「……はい。五十枚ありますね。ゴブリンとオークも十体ずつ討伐していますので、これにて依頼は達成になります」

「ああ。あと、魔石もここで売らせてください」

俺は《無限収納《インベントリ》》からゴブリンの魔石十二個、オークの魔石十個を取り出した。

「……ゴブリンの魔石が十二個。オークの魔石が十個ですね。かしこまりました。それでは、冒険者カードの提示をお願いします」

俺とニナは、受付の女性に冒険者カードを手渡す。

「お疲れ様でした。依頼の報酬金は小銀貨四枚、魔石の買取額は小銀貨二枚、銅貨七枚、小銅貨二枚になります」

俺は金を受け取ると、数枚をニナに渡し、残りを《無限収納《インベントリ》》にしまった。

「それと、冒険者カードをお返しします」

「ありがとうございます」

俺は礼を言うと、ニナと共に受付を離れた。

「丁度昼だから、飯にするか」

「そうね。酒場で食べましょ」

依頼完了の報告を終えた俺たちは、昼食を食べるべく酒場に向かった。

そして、椅子に座ると、適当に食事を頼んだ。

「……それで、午後は何をする？」

「う～ん……明日から護衛の依頼を受けるから、その道中で必要なものを買いましょう」

「なるほど。具体的には？」

「ん～と……干し肉などの保存食。道中で倒した魔物の魔石や、討伐証明部位を入れるための革袋を多めに用意。あとは回復薬も補充しとかないと……て、これ全部既にレインは持ってるわね」

「……そうだな」

《無限収納《インベントリ》》の中には食料が数百年分は入っている。

魔石や討伐証明部位を入れる革袋だって、《無限収納《インベントリ》》を使えば解決だ。回復薬も、俺は回復魔法を使えるから必要ない。

「大容量の《収納《ボックス》》と光属性の魔法が両方使えるのは羨ましいわ」

ニナは俺を見ながらそう言った。

そういえば、ニナには《無限収納《インベントリ》》のことは言ってなかったな。

そんなことを話していると、食事が届く。

「それじゃ、食べるか」

現在の時刻は午後一時半。かなりお腹を空かしていた俺は、いつもより多い量を、速いペースで食べた。

◇　◇　◇

その日の夜。

俺は宿の部屋の中に再び《時空結界《じくうけっかい》》を張った。設定は前回と同じだ。

俺はこれからスキルレベル上げＲＴＡをやる。

スキルレベル上げＲＴＡというのは、レベルを10まで上げるタイムを測り限界に挑戦する、今最も熱いチャレンジなのだ！　俺の中で。

今回上げるスキルはコチラ！《錬金術《れんきんじゅつ》》！

天職が錬金術師でありながら、《錬金術《れんきんじゅつ》》のスキルは未だレベル2。

これはなんとしても上げなくてはならない。このチャレンジのルールは二つだけ！

一つ、睡眠時間はちゃんと確保する！

二つ、剣術修業も忘れずに！

それでは――スキルレベル上げＲＴＡ！　は～じま～るよ～。

「《錬金術《れんきんじゅつ》》《錬金術《れんきんじゅつ》》《錬金術《れんきんじゅつ》》《錬金術《れんきんじゅつ》》」

ＲＴＡが始まった瞬間、俺はアダマンタイトの塊に《錬金術《れんきんじゅつ》》を使いまくって、何度も形を変化させた。

アダマンタイトを使う理由は、いい素材を使ったほうが、レベルが早く上がるのではないかと思ったからだ。

『《錬金術《れんきんじゅつ》》のレベルが3になりました』
『《錬金術《れんきんじゅつ》》のレベルが4になりました』
『《錬金術《れんきんじゅつ》》のレベルが5になりました』

なんと！　僅か三十分でレベルが5に上がったぁ〜！

……しかし、知っての通り、ＲＴＡでは一、二時間なんて誤差みたいなものだ。

レベル5までは三十分で上がったが、レベルが高くなる程、数日、数十日、数年、数十年と、上がりにくくなる。

ＲＴＡの最大の難所は、何十年もの間レベルが上がらなくなるレベル9と10の間だ。

ここで油断してペースを落とすと、現在の最高記録である六十七年を超えることはできないだろう。

『《錬金術《れんきんじゅつ》》のレベルが6になりました』
『《錬金術《れんきんじゅつ》》のレベルが7になりました』
『《錬金術《れんきんじゅつ》》のレベルが8になりました』
『《錬金術《れんきんじゅつ》》のレベルが9になりました』

…………

『《錬金術《れんきんじゅつ》》のレベルが10になりました』

ここで遂に！　《錬金術《れんきんじゅつ》》のレベルが10になったぁ！

さて、タイムは……九百八十七歳だから、五十二年！　新記録だぁ！

……心の中でハイテンションに実況するの疲れたから、そろそろ普通に戻すか。

まあ、こんな感じにＲＴＡ方式でレベルを上げてみたところ、五十二年で《錬金術《れんきんじゅつ》》のレベルを10まで上げることができた。

「はぁ～……頑張った」

俺は《時空結界《じくうけっかい》》を解除すると、そのまま床に仰向けに寝転がった。

「外はまだ真っ暗か。少しだけ、休憩しよう」

俺は立ち上がると、シュガーとソルトを起こさないように、そっとベッドに入り、朝になるまでボーッとしていることにした。

第二章　いざ、護衛任務！

コンコン。

「レイン。朝食を食べにいきましょ」

室内が朝日に照らされて三十分程経ったところで、ニナが俺の部屋の前に来た。

「今行く！」

俺はベッドから起き上がり、素早く身支度をし、シュガーとソルトを両肩に乗せてから、部屋のドアを開けた。

「待たせた。朝食にするか」

「そうね。行きましょう」

ニナと最後に会ったの本当に五十二年前なのか？

前回もそうだが、マジで久しぶりって感じがしないんだけど。

そんなことを思いながら、俺はニナと共に一階の食堂へ向かった。席に座って、定食を頼む。

「あのさ、実はレインに言わないといけないことがあるの」

ニナが神妙な表情で口を開く。

「何かあったのか？」

「うん。実は、王都までの護衛依頼を受けるのなら、必ずウェルドで一泊しなくちゃいけないの。ウェルドにいる間は外套《がいとう》のフードなどで顔を隠したほうがいいわ。依頼主と一緒にいる時以外は、気配もなるべく消したほうがいいわね」

「あ、そういえば、あそこの領主はヤバいんだったな。すっかり忘れてた」

ウェルドの領主であるゴウマーンド伯爵は、何がなんでも俺のことを配下にしようとするだろうと、ディンリードから言われていた。更に、一昨日（俺の中では百十九年前だが……）、この食堂に来たゴウマーンド伯爵の部下が、命令口調で突っかかってきた。

俺たちに金輪際かかわるなと言って追い返したが、その程度で諦めるはずがない。

「まあ一泊だけだし、頑張って乗り切ろう」

「そうね」

俺たちは軽くため息を吐き、祈った。道中で厄介ごとに巻き込まれませんように……


朝食を食べ宿を出て、冒険者ギルドに入る。

「ん～と……八時四十分か。意外とギリギリだったな」

「そうね。急ぎましょう」

時計を確認して、受付に向かう。

「護衛の依頼で来ました」

俺は《無限収納《インベントリ》》からハンコが押された依頼票を取り出すと、受付の女性に手渡した。

「……はい。依頼人のムートンさんは北門にいます。なので、そちらに向かってください。それではお気をつけて」

「ありがとうございます」

受付の女性に礼を言い、受付を離れる。

「それじゃ、北門に行こう」

「そうね。早く行きましょう」

メグジスには、南北の二か所に門がある。その内、俺が出入りしたことがあるのは南門だけだ。冒険者ギルドを出ると、俺たちはそのまま北門へ向かった。

◇　◇　◇

「依頼人のムートンさんはいますかー！」

北門には、馬車がいくつも止まっていた。その中から依頼人を探すために、ニナが大声で叫ぶ。

「お前さんたちが護衛か。俺がムートンだ」

ニナの声を聞き、近づいてきたのは、小柄でビヤ樽《だる》体型のおじさんだった。サンタさんを思い浮かべる立派な顎髭《あごひげ》を持っている。

「小柄……すぎないか？」

百五十センチあるかないかの身長のムートンを見て、俺は思わずそう呟いた。

「ん？　お前さんもしかしてドワーフを見たことがないのか？」

ムートンはそう問いかけてきた。

「は、はい。もしかして、あなたはドワーフなのですか？」

「ああ。ちっこくて、力があるのがドワーフの特徴なんだ。覚えておくといい」

「わかりました」

ファンタジーの定番の一つであるドワーフを見ることができた俺は、内心ドキドキしながらムートンの言葉に頷いた。

「それじゃ、冒険者カードを見せてくれ」

「はい」

「どうぞ」

俺とニナは冒険者カードを取り出し、ムートンに見せる。

「うむ。それでは頼むぞ。メグジスの英雄さん」

ムートンはそう言って笑うと、俺の腰をバシバシと叩いた。

「ああ。何があっても守るよ」

「ええ。頑張るわ」

俺とニナはキリっと表情を引き締めて応える。

初めての護衛依頼に若干緊張しつつも、俺はムートンを守り抜くことを誓った。

「え～と、ムートンさんはいますかー！」

「いたら返事してくださーい！」

前方からムートンを探す声が聞こえる。

「お、残り二人も来たようだな。お～い！　俺がムートンだ！」

ムートンの声に気づき近づいてきたのは、槍《やり》を持った男性と、杖《つえ》を持った男性だ。

「あーいたいた……て、残り二人はまさかの英雄か……」

「こ、コンニチハ……」

二人は俺たちを見た途端、緊張した表情になった。

そして、二人とも冒険者カードを取り落としてしまった。

「ん～と……ケインとガイルか。よし。これで全員揃ったな。そんじゃ行くぞ」

「あ、すみません」

「す、すまん」

ムートンは落ちた冒険者カードを拾い、名前を確認すると、二人の冒険者の肩を叩いて正気に戻す。

「まあ、たまたま英雄と同じ依頼を受けていたんだ。驚くのも仕方ない。ほれ」

視線を二人に向けながら、ムートンはそう言うと、冒険者カードを返した。

「出発するから、そっちの馬車の荷台に乗ってくれ」

ムートンが木箱がたくさん積まれた馬車の御者台に乗り、発進させる。

「俺たちも行くか」

俺たちは人間の男性が御者を務める、荷物が少ししか積まれていない馬車に乗り込んだ。

すぐに俺たちの馬車も動き始め、門をくぐり、メグジスを出た。


ガラガラガラガラ。

馬車に揺られながら、土の道を進む。一人当たりのスペースは思いのほか広く、全員が寝転がっても余裕がある。

俺は胡坐《あぐら》をかきながら、落ち着きを取り戻した二人の冒険者、ケインとガイルと目を合わせた。

「こんにちは。ケイン、ガイル。俺の名前はレインだ。英雄なんて呼ばれているけど、気軽に接してくれ」

相手が受け入れやすいように、できるだけ自然に挨拶をする。ここまで自然に話せるようになったのは、メグジスで多くの人と会話し、コミュ力を多少なりともつけたからだ。

「そう言われてもな。一緒に依頼を受けるやつは誰かな～と思って来てみたら、まさかの英雄だぞ。驚くに決まってるだろ？」

「本当だぜ。まあ、英雄様が気にするなって言うのは、よくあるパターンだからな。言われなくとも普通に話すぜ」

二人は俺の願い通り、気軽に接してくれるようだ。

「それじゃ、早速英雄さんに聞きたいことがありまーす！」

ケインがシュバッと手を上げる。

なんか小学生が発表の時に手を上げる様子と似ているな。懐かしい。

「なんだ？　内容によっては答えられないが」

色々と規格外な俺には、答えられないことが多々ある。そのため、あらかじめ言っておいた。

「ああ、プライベートなことを聞くつもりはない。俺は冒険者として、強者を目指す者として、聞きたいことがあるだけだ。英雄――いや、レイン。お前が強くなる過程で一番努力したことはなんだ？」

「一番努力したことか……」

ケインの質問は、思いのほか答えやすいものだった。

「そうだな。一番努力したことは剣術の修業だ。一日十八時間、気が遠くなる程やったんだ」

あれは本当にヤバかった。ダークという名の鬼教官のもと、最低限の食事と睡眠で、何百年も剣を振り続けたのだ。途中から、無意識で剣を振っていた。

「一日十八時間か。流石だな……」

「どうりで勝てないわけだ……」

二人は納得したように頷くと、深く息を吐いた。

「ああ。めっちゃ頑張ったな。で、次に努力したのはレベル上げだ。こっちは魔物だらけの森やダンジョンの中で常に戦い続ける。食事や睡眠以外は全て魔物を倒すことだけに費やしたな」

思えばあれもなかなかに大変だった。最後は全然レベルが上がらず、レベルの上限が１００００まであるのか不安に思うこともあった。だが、信じてやり続けた。その結果が今の俺だ。

「結局レベルかぁ～……ちなみにレインのレベルはどのくらいなんだ？　大体でいいからさ」

「悪いがその質問には答えられないな。まあ、結構高いとだけ言っておこう」

ケインの質問を俺はやんわりと躱す。

流石にレベル１０００だなんて言えない。言ったとしても、どうせ戯言《たわごと》と思われるだけだ。

「凄いなぁ。それにしても、剣技が一流で、とんでもない回復魔法も使えるってことは、もしかしてレインの天職は、王国でも片手で数えられる程しかいないと言われている聖騎士か？」

「いや、俺の天職は錬金術師だ」

ガイルの質問に、なんの気なしに答える。

ニナも俺の天職が聖騎士だと思ってたとか言ってたな。

というか、聖騎士ってそんなに数が少ないんだ。それは予想外だったな。

そんなことを思いながらケインとガイルを見ると、とんでもないものを見るような目で、二人が俺を見ていることに気づいた。

「まさか非戦闘系の天職だったとはな」

「ああ。俺、今日だけで一生分驚いた気がする」

二人は驚きすぎてやつれた顔でそう言うと、深く息を吐いた。

「まあ、確かに錬金術師らしいことは全然していないかもな。たまに自分の天職を忘れることもあったよ」

「まじかよ……まあ、そんぐらい努力したからこそ、ここまで強くなれたんだろうな」

「ああ。俺たちも、レインを目指して頑張るぜ」

二人は力強くそう宣言した。

「そうか。じゃあ、早速あそこにいる魔物を討伐しにいくか」

俺はニコッと笑うと、二人にそう告げた。

「「へ？」」

二人は口を半開きにすると、呆《ほう》けた声を出した。俺は構わず続ける。

「ああ。正確に言えば、三百メートル先の道の左側にある林だ。そこからこの道に向かって歩いてくる魔物がいる。馬車と林の中を移動する魔物の進行方向と速度から考えると、このままいけば、ばったり遭遇するな」

曲がり角から出てきた人と丁度ぶつかる漫画みたいなイメージだ。

「そんなに遠くにいる魔物の気配がわかるなんて、凄ぇ」

「まあ、レインだからな……」

二人は尊敬と呆れが交じった視線を俺に送りながら、そう言った。

「ん～……話している内に、そろそろみんなも気配を感じる頃なんじゃないか？」

魔物との距離はおよそ五十メートル。二人ならもう気づけるのではないだろうか。

「……あー、確かにいそうな感じがする」

「ああ。いるな……って、話している場合じゃねぇ！　御者さーん！　魔物が来るから止まってくれ！」

「わ、わかりました。ムートンさん！　魔物が来るらしいので、止まってくださーい！」

御者の男性は頷くと、別の馬車を走らせているムートンに、魔物が接近していることを伝えて停車した。

「よし。行くか！」

「おう！」

気合十分の二人は元気よく馬車から飛び下りると、魔物が来る方角に視線を移した。

「……それじゃ俺たちも下りよう。基本はあの二人に任せて、ヤバそうだったら助けるって感じで」

「そうね。私たちは馬車と依頼主を守りましょう」

俺とニナも頷き合って、馬車から飛び下りた。

そして、俺はこの馬車を、ニナはムートンが乗っている馬車を守るように立った。

「ご主人様は戦わないの～？」

俺の左肩に乗っているソルトが、あくびをしながらそう言う。

「ああ。強くなろうって決意したやつらの気持ちは尊重しないとな」

俺はそう言うと、ケインとガイルを見た。その後、林に視線を移す。

すると林から立派な牙《きば》と緑色の体毛を持ったイノシシが四頭、姿を現した。

「何気にイノシシ系の魔物を見たことはなかったな」

珍しいなと思いながら、《鑑定《かんてい》》を使う。

【？？？】

・年齢：16歳　・性別：男

・種族：フォレストボア　・レベル：87

・状態：健康

〈身体能力〉

・体力：7400／7400　・魔力：6400／6400

・攻撃：8100　・防護：7500　・俊敏：8300

〈パッシブスキル〉

・猪突猛進《ちょとつもうしん》：レベル5

「《猪突猛進《ちょとつもうしん》》とか完全にイノシシ専用のスキルだよな」

更に詳しく見てみると、このスキルは、何も考えずに突進した時に、全ステータスがスキルレベル×五パーセント上昇するというものだった。つまり、こいつらがそのスキルを発動させていれば、全ステータスが二十五パーセント上昇することになる。ネタかと思ったけど、地味に強いな。

「でもまあ、二人でも対処できるレベルだな」

ケインとガイルのレベルはそれぞれ95と98なので、苦戦はするが、負けることはないだろう。

そんなことを考えていたら、戦闘が始まった。

「《炎弾《フレアバレット》》！」

先手必勝と言わんばかりの速度で、ガイルが炎の球体を数個放った。

全ての炎の球体は、そのままフォレストボアに当たると、小さな爆発を起こす。

フォレストボアが燃え上がる。

「ブフォオオ！」

鳴き声を上げると、フォレストボアは素早く転がって炎を鎮火《ちんか》させてから、二人に突進した。

恐らく《猪突猛進《ちょとつもうしん》》のスキルを発動しているだろう。

「《火壁《ファイアウォール》》！」

ガイルは炎の壁を展開し、フォレストボアを足止めした。

その直後、フォレストボアの側面に移動したケインが、頭に槍先を向けると、素早く刺突《しとつ》する。

「ブフォ……」

頭をやられたフォレストボアは、そのまま倒れ、息絶えた。

「《火球《かきゅう》》！　《火球《かきゅう》》！　《火球《かきゅう》》！」

標的をケインに切り替えた残りのフォレストボアめがけて、ガイルが《火球《かきゅう》》を大量に打ち込んで、足止め兼目くらましをする。その隙にケインは死骸《しがい》から槍を引き抜くと、彼を睨みつけていたもう一頭のフォレストボアの頭を刺突《しとつ》した。

「ブフォ……」

これで残るフォレストボアは二頭。

ケインはまた死骸から槍を引き抜き、ガイルの前に立つ。

「技を使いすぎて魔力をかなり消費した。そろそろ勝負を決めるぞ」

「わかったよ」

ケインはガイルの言葉に頷くと、槍先を二頭のフォレストボアに向ける。

「《火矢《ファイアアロー》》！」

ガイルが上に向かって飛ばした《火矢《ファイアアロー》》が、重力によって向きを変え、二頭のフォレストボアに降り注ぐ。

「「ブフォオオ！」」

威力は高くないものの、注意を引き付けるには十分で、フォレストボアの意識が《火矢《ファイアアロー》》に向く。

「はぁ！」

その隙にケインが距離を詰め、槍を横なぎに勢いよく振って、二頭のフォレストボアの頭を切り裂いた。

「よし。終わった」

「ああ。スムーズに勝てたな」

ケインとガイルは勝利を心から喜んでいるようだった。俺は後片づけをしよう。

「《無限収納《インベントリ》》」

フォレストボアの死骸を《無限収納《インベントリ》》に入れ、一瞬で片づける。

「あれ!?　死骸は？」

ケインがいきなり死骸が消えたことに困惑する。

「時空属性の魔法も結構得意だからね。片づけといたよ。魔石を取るのはあとにして、さっさと先に進もう」

俺は何事もなかったかのようにそう言うと、くるりと背を向ける。

「わ、わかった」

「さ、流石だな」

二人はぎこちない笑みを浮かべると、俺とニナのあとに続いて馬車に乗り込んだ。

◇◇◇

夕日が沈みかけた頃、馬車は道を外れ、草原で停車した。

「ん？　もう夜営か？」

《金属細工《きんぞくざいく》》のレベル上げをしていた俺はそう呟くと、馬車から飛び下りる。

全員が下りたところでムートンが近づいてきた。

「今日はここで夜営をするから、準備を頼む。俺たちは馬の世話をしているから」

ムートンはそう言うと、御者と共に馬に餌《えさ》をあげる。

他にも彼はたくさん仕事があるらしく、しばらくすると、俺たちと離れたところでテントを張って、忙しなく何かを確認したり、商品を作ったりし始めた。護衛のケインやガイルとは仲良くなったものの、依頼者のムートンとは話せる機会はあまりなさそうだ。

「まずは焚火《たきび》を作りましょ。レイン、お願い」

「わかった」

俺はニナの言葉に頷くと、《無限収納《インベントリ》》から薪《まき》を取り出し、地面に置いた。

ニナが薪を並べ、最後にガイルが《火球《かきゅう》》で火をつける。

「次は革のシートをお願い」

「わかった」

「お、おう」

テキパキと指示を出すニナに、俺とケインが頷く。それぞれ持ってきた革のシートを取り出し、地面に広げた。角に石を載せて、風で飛ばされないようにする。

「これが今日の寝床《ねどこ》か」

俺は顎に手を当て、そう呟いた。

今回は魔物や盗賊が襲ってきた時にすぐに対処できるよう、野原の上に敷いた革のシートで寝る。

メグジスに来る前に、ディーノス大森林で張られていた夜営とは違い、今回は少人数なので、睡眠の質を犠牲にしても、安全性を確保するほうを選んだというわけだ。

「野営の準備もできたことだし、ご飯を食べましょう」

「ああ。腹減ったしな」

ニナと俺は革のシートの上に靴《くつ》を脱いで座る。

ケインとガイルも革袋から干し肉や乾いたパンを取り出すと、早速かぶりついた。

俺は《無限収納《インベントリ》》から、弁当屋で買った出来立てほやほやの弁当二つと、生のオーク肉を取り出す。弁当の片方をニナに渡し、生のオーク肉をシュガーとソルトの前に置いた。

「うわぁ……時空属性が羨ましい……」

ケインが物欲しそうな目で見つめながらそう言った。

なんか目が怖いな。悪意がないのはわかるんだけど、なんか怖いんだよな。

「お、落ち着け。これやるから」

俺はなだめるようにそう言うと、ケインとガイルに串焼きを渡した。

「うん。ありがとう」

「ああ。ありがとう」

二人は満面の笑みを浮かべ、串焼きを美味しそうに頬張った。

遠慮のないやつらだ。まあ、気にしないが。

「それじゃ、俺も食べようかな」

適当な枝を素早く箸《はし》の形に加工し、《浄化《じょうか》》で綺麗にした。

「これでよし。食べるか」

俺は弁当のご飯をつまむと、口に運んだ。この世界にもなんと米が存在していて、メグジスの弁当屋でご飯を発見した時は、大層感動したものだ。

「もぐもぐ……はぁ～美味い」

俺は微笑みながらご飯を呑み込むと、今度は肉とご飯を一緒につまんで口に入れた。

「もぐもぐ……ふぅ。それで、見張りの順番はどうする？」

俺は護衛の三人にそう問いかける。

「そうね……睡眠時間が分割される二番目と三番目は、体力がある私とレインにしましょ」

ニナがもっともな意見を口にする。

「気を遣ってくれてありがとな。それじゃ、俺が一番目をやろうかな」

「じゃあ俺が四番目をやるか」

こうして一番目がケイン、四番目がガイルになった。

あとは二番目と三番目、俺とニナの順番を決めるだけだ。

「まあ、俺はどっちでもいいよ」

眠くなったら、《時空結界《じくうけっかい》》を使い、その中で寝ればいい。見張りの順番にこだわりはなかった。

「そう？　じゃあ私は二番目をやる」

「わかった。俺が三番目だな」

見張りの順番は、ケイン、ニナ、俺、ガイルとなった。

「もぐもぐ……はぁー美味かった」

弁当を完食した俺はみんなから少し離れた場所に立つと、食後の運動として剣を振り始めた。

「ほいっと」

緑色の葉っぱを十五枚上に投げる。

葉っぱは、ひらひらと地面に向かって落下し始めた。

「……ふっ」

目を瞑《つむ》り、軽く息を吐くと、剣（ダーク）を抜いた。そして、素早く十五回刺突する。

「……よし」

目を開けると、十五枚の葉っぱが剣先に刺さっている。

「ふむ。いい動きじゃ」

ダークが感心したようにそう呟いた。

珍しく今日は褒められた。これから雨でも降るのか？

それを本人……いや、本剣に言ったら、面倒くさいことになりそうなので、心の中に留めておく。

「……凄ぇ」

俺の食後の運動を眺めていたケインが、漏らすようにそう言う。

「神業《かみわざ》ね。各国の騎士団長よりも上なんじゃないかしら？」

「まあ、レインだからな」

みんなの称賛《しょうさん》の声は今までで一番嬉しかった。やはり、見知った人に褒められるのは、特別だな。

「ありがとな」

俺は思わずそう言った。

「こっちこそありがとな。俺たちみたいな中堅冒険者は、一流の冒険者の動きを見ることなんてまずないからな。まあ、わかったことは、目で追えないってことだけだけどな」

ケインが笑いながらそう言った。ガイルも頷く。

「ああ。Aランクの座が遠いってことが、よーくわかった」

「今のレインの動きは私もギリ視認できるかどうかだったわ。あれが感覚で剣を振るってことなのね」

「そうか。まあ、十五枚は新記録だからな。つまり、俺の本気の剣技ってわけだ」

落ちてくる葉っぱに剣を突き刺すのは、ただ速く正確な動きで剣を振ればいいってわけではない。絶妙な力加減や突き刺す葉っぱの順番を考える必要があるため、俺でも十五枚が限界なのだ。

「新記録が出たから満足したし、さっさと寝るか」

「そうね。真夜中に見張りがあるから私たちは早めに寝ないと」

俺はシュガーとソルトを抱きかかえ、革のシートの上に寝転がった。

「いつもそうやって寝ているの？」

ニナが俺の顔を覗き込み、羨ましそうに見てくる。

「ああ。そうだ」

「ふーん……なら私も隣で寝るね。シュガーちゃんたちと一緒に寝たいから……」

ニナは顔を赤くしながらそう言うと、俺の隣に寝転がった。

「そんなにこの子たちと一緒に寝たいのなら、ニナの隣で寝るように言おうか？」

俺はそう提案する。だが、ニナは首を横に振った。

「ううん。これくらいの距離が丁度いい」

彼女はそう言って、目を閉じる。

「まあ、それでいいならいいけど」

俺も目を閉じ、意識を手放した。

◇　◇　◇

「レインー、レインー」

「ん……あ、ああ」

ニナに小声で名前を呼ばれて目が覚めた俺は、目を擦《こす》りながら上半身を起こした。

「あ、起きた。それじゃ、見張りを交代してくれないかな？」

「ああ、わかった」

俺はぐっすりと寝ているシュガーとソルトを優しく撫でると、立ち上がった。

「あとは任せて寝てろ」

そう言いながら靴を履き、立ち上がる。

「わかったわ。おやすみ」

ニナは目を擦りながらそう言うと、そのままごろんと寝転がった。

「さてと。盗賊は……いないようだな。魔物は……いるな。しかもこっちに向かってきてる」

奥にある林からこちらに移動する魔物の群れを察知する。

「さっさと倒すか」

俺はみんなを《物理攻撃耐性結界《ぶつりこうげきたいせいけっかい》》と《魔法攻撃耐性結界《まほうこうげきたいせいけっかい》》で覆ってから林へ急いだ。

「……いた」

林にいたのは美味しい牛肉を提供してくれる魔物、ミノタウロスだった。

数は三体。これならサクッと倒せるだろう。

「はっ！」

俺はまず、抜刀術で一体の首をはねる。

そのミノタウロスの死骸を素早く《無限収納《インベントリ》》に入れた。

「《風絶斬《ふうぜつざん》》」

そして、残り二体の首をまとめて風の斬撃で切り落とした。

こちらも、即座に《無限収納《インベントリ》》に入れる。

「む？　さっきの剣技はどうした！　腕が落ちてるぞ！」

ダークからいつものように叱られてしまった。まあ、自覚はあるので、素直に謝るか。

「気を抜いてた。次は大丈夫だ」

俺はそう言うと、夜空を見上げる。

「ふぅ。見張りの間は何して時間を潰そう……」

空《あ》いた時間で何かできないか俺は考えた。

見張りはちゃんとやらないといけないため、《時空結界《じくうけっかい》》の中で作業をすることはできない。

「レインよ。こういう時こそ剣術じゃ」

腰からの『剣術修業をしろ！』の圧が凄い。

なんかこう、いつもより重みを感じる気がする。

「そうか……だが断る。やりたいことが――いや、やらなくてはならないことがあるんだ」

俺はクワッと目を大きく開くと、そう言った。

「な、いいからやるの――」

ダークの言葉は以下省略だ。さて、俺はやるべきことをやるとしよう。

「ローブは……これでいいかな。あとはミスリルか」

俺は《無限収納《インベントリ》》から、ダンジョンのドロップ品である、なんの変哲《へんてつ》もない黒いローブと、ミスリルのかけらを取り出した。

「《錬金術《れんきんじゅつ》》！」

《錬金術《れんきんじゅつ》》で、ローブの糸にミスリルを混ぜ込んでいく。

均一に混ざるように時間をかけて丁寧にやった。

「……よし。次に認識阻害《にんしきそがい》か気配察知《けはいさっち》の組み合わせを探さないとな」

俺は余ったミスリルに《付与《ふよ》》を使っては解除、使っては解除を繰り返して、付与したい効果の組み合わせを探した。そして——

「……お、あった」

闇属性、光属性、時空属性の組み合わせが、認識阻害《にんしきそがい》であることを遂に発見したのだ。

「では、《付与《ふよ》》」

俺はローブに認識阻害《にんしきそがい》の特殊効果を付与した。

「よし。これはあとでニナにプレゼントしよう」

好感度がゼロを下回っているウェルドの領主、ゴウマーンド伯爵に見つからないようにするために、このローブはニナに渡す。ニナは《気配隠蔽《けはいいんぺい》》のスキルを持っているがレベル４なので、《気配察知《けはいさっち》》のスキルを持っている人間に見つかってしまう可能性が大いにある。

「あとはこれも作ろっと」

俺は《無限収納《インベントリ》》から小さな魔石を取り出すと、《刻印《こくいん》》で《念話《ねんわ》》の魔法陣を刻んだ。

その魔石とダークを《錬金術《れんきんじゅつ》》で合成する。

「ダーク、その魔法陣を通して話してみて」

俺はダークに話しかける。

『む？　……おお！　声を出さなくても話せるぞ！』

頭の中にダークの声が響いた。どうやら成功のようだ。

『これなら人前でも話すことができるな』

俺は《念話《ねんわ》》でダークに話しかけた。

『うむ。感謝する』

ダークは嬉しそうにそう言った。

これまでダークが気軽に話せないことを不憫《ふびん》に思っていた。そこで、俺は《念話《ねんわ》》の魔法陣を刻んだ魔石とダークを合成することで、いつでも話せるようにしたのだ。

「それじゃ、あとは《金属細工《きんぞくざいく》》のレベル上げでもしとこうかな」

俺は《無限収納《インベントリ》》から木製の椅子を取り出して座ると、ミスリルの形を《金属細工《きんぞくざいく》》で変えまくった。

しばらくして、頃合いを見て見張りをガイルに代わってもらう。

「あとは任せた～」

ガイルは俺が展開した二つの結界を見てポカーンとしていたが、気にせずそう言って意識を手放した。

◇　◇　◇

「ん……朝……だな」

目を覚ました俺は青白い空をぼんやりと眺めながら、ぼそりと呟いた。

「……ん？」

下半身に何かが乗っているような感覚がある。シュガーとソルトにしては重い。

俺は確認するために上半身を起こした。

すると、そこには俺の腰に顔を埋めて抱き着くニナの姿があった。

「……シュガーとソルトに抱き着こうとしたけど、寝ぼけて間違えたって感じかな？」

気持ちよさそうに寝ているニナを見て、そう呟く。

「おいおい。その状況でよく冷静でいられるな。俺なら恥ずかしくて大混乱するぞ」

最後の見張りを担当していたガイルが、近づいてきてそう言った。

「ん？　ああ。俺はもうそうなる歳じゃないからな」

三十代ぐらいまでなら、そうなっていただろうなと昔を懐かしみながら言う。

「まだ十代か二十代だろ？　何年寄りみたいなこと言ってんだよ」

ガイルは笑いながらそう言った。

確かに見た目は十代だな。年齢はスーパーおじいちゃんだけど。

「ん～……ゆっくり起きるか」

俺はニナを起こさないように慎重に動いた。朝なので起こしちゃってもいいのかもしれないが、人の睡眠を邪魔するのはちょっとなと思ってしまう。

「……よっと」

俺は数分かけてニナの束縛《そくばく》（？）から抜け出すと、靴を履いて立ち上がった。

「あ、結界は解除しとこう」

俺は見張りの時に展開した二つの結界を解除した。その後、早めの朝食を食べる。

「もぐもぐ……ふぅ」

《無限収納《インベントリ》》から取り出した椅子に座り、塩おにぎりをもぐもぐと食べる。

すると、ここでシュガーとソルトが目を覚ました。

「ふぁ……おはよぉ……」

「おはようございます……」

二匹は可愛らしいあくびをすると、ゆっくりと歩いてきた。

「おはよう。シュガー、ソルト」

二匹を膝の上に乗せ、頭を優しく撫でる。

手を優しく温めるような、もふもふとした感触が俺を癒してくれる。

「はい。朝食」

俺はシュガーとソルトに生のミノタウロス肉を差し出した。

「もぐもぐ……おいしい！」

「美味しいです」

二匹は美味しそうに肉にかぶりついた。

調理された肉も好きだが、やはり魔物だからか、生肉がかなり好きなようだ。

「ふぅ……落ち着くなぁ……」

食事を削って作業に没頭することが多い俺は、たまにしかない、のんびりとできる時間を満喫していた。

『作業時間を減らせばいいだけだろ！』とツッコミを入れる人もいるだろう。

だが、長時間の作業は俺に刻み込まれた本能みたいなものなんだ。

だから、残念ながらその選択肢を取ることはできない。

「ふぁ……おはよう。レイン」

「あー、よく寝た」

少ししてから、ニナとケインが目を覚ました。

二人は身支度を済ませると、そのまま食事を取る。

「もぐもぐ……あー美味かった」

食事を終えた俺は、食後のお茶を飲んで深く息を吐く。

「……あ、ニナ。これ渡しとく」

手短に食事を済ませ、のんびりしていたニナに、俺は見張りの時に作った認識阻害《にんしきそがい》の効果がついたローブを渡した。

「見張りの時に作ったんだ。それを羽織《はお》れば、俺レベルの相手でもない限り、見つかることはないぞ」

このローブは《気配隠蔽《けはいいんぺい》》のレベル９に匹敵する効果を持っている。

そのため、余程のことがなければ、見つかることはないだろう。

「そうなんだ……凄い。ありがとう」

ニナは息を呑むと、そのローブをまじまじと見つめた。

「戦闘が一流で、こんな装備品も作れるとか反則だろ……」

「レインの天職は錬金術師だ。むしろ、こっちが本職……だよな？」

ケインとガイルが超人を見るような目で俺のことを見ている。うん……なんかスマン。

「……そういえば、今日の昼過ぎにウェルドに着くんだよな。ゴウマーンド伯爵、イラつくな」

俺は青空を眺めながらそう呟いた。

立場を利用して横暴なことをする人は大嫌いだ。

前世では、そんなことはしちゃいけませんと、嫌という程教えられた。

この世界には身分制度があるので、地位を盾にして悪事をしても、許されるのだろう。

「……強制的に性格を変えてやろうか」

俺は、ぼそりと恐ろしいことを口にする。

思い通りの性格に変えるなんてことも、今の俺ならできてしまう。

魔法やスキルを応用して、相手の精神に干渉すればいい――

「おーい！　そろそろ行くぞー！」

そんなことを考えていると、いつの間にか起きていたムートンが手を振りながら声を上げた。

「おっと。行くか」

俺たちは素早く片づけをして、馬車に乗り込む。

その後、馬車はゆっくりと動き出した。

「昼過ぎにウェルドに着くんだよな。で、対策はちゃんとしてるのか？　あそこの領主。強いやつは無理やりにでも引き込もうとするって聞いたけど」

ケインがそう問いかけてくる。

「ああ。ニナにはさっきローブを渡したし、俺の《気配隠蔽《けはいいんぺい》》のレベルはなかなか高いからな」

「それならいいんだが、油断しないほうがいい。ゴウマーンド伯爵は狙った人間は絶対に逃がさないって噂《うわさ》でな。レベル7の《気配隠蔽《けはいいんぺい》》を持つやつを、見つけたこともあるらしいんだ」

「レベル7？　流石にそれは嘘じゃないかしら？　まあ、警戒はするわ」

ニナはケインの言葉を作り話だと思ったようだ。

「……そうだな」

俺はそんな会話に不安を抱えながらも、頷いた。

◇　◇　◇

「あれがウェルドか」

昼食を食べて少し経った頃、前方にウェルドを囲む城壁と出入り口の門が見えてきた。

門の前にはウェルドに入る人や馬車が列を作っており、俺たちも同じように列に並ぶ。

「ニナ。門をくぐったら即ローブを羽織るんだ」

「ええ。門で冒険者カードを見せる時に、領主館に来いって言われると思うけど、それは断りましょう。いくら領主でも、強制的に連れていくことはできないわ」

「ああ。そして、万が一のことがあったら、俺がなんとかする。誰にも気づかれずに領主館に侵入することだってできる」

「そ、それはやらないでほしいわね」

「……善処する」

俺たちは無事にウェルドを突破するための作戦を立てた。

まあ、作戦と呼べる程のものでもないけどね。

ニナと話し合いをしていると、俺たちの番が回ってきた。

馬車から降り、衛兵に冒険者カードを見せる。

「はい、よし。そっちもよし」

衛兵は面倒くさそうにケインとガイルの冒険者カードを見ると、先に行かせた。

いや、それちゃんと確認できているのか？　偽装のカードでも普通に通れそうだぞ？

だが、それは好都合だ。もしかしたら俺とニナのこともスルーしてくれるかもしれない。

俺は期待しながら、ニナと共に冒険者カードを見せた。

「はい、よし。そっちも……て、ちょっと待て！　止まれ！　囲め！　逃がすなぁ！」

スルーしてくれるかと思ったが、そんなことはなく、妙にリズミカルな掛け声と共に、俺たちは五人の衛兵に囲まれてしまった。

「冒険者、レインさん、ニナさん。話したいことがあります。至急衛兵の詰所に来てください。五分程で話は終わりますので」

五人の中で一番偉そうな衛兵にそう言われた時、俺は思った。

絶対そのあと領主館に連れていかれるだろ……と。

「悪いが今は時間がないんだ。俺たちにはやるべきことがあるからな」

俺はそう言うと、ちょっと強引にこの包囲網から抜け出そうとした。

「おっと。まだ通行を許可していませんよ。門の中に入ったら、あなた方は罪人になる」

衛兵の一人は薄ら笑いを浮かべながらそう言った。

「じゃあ許可してよ。言っとくけど、私たちの行動を妨げようものなら、職権乱用でそっちが罪人になるわよ。ここには証人もいっぱいいるし」

ニナは腕を組むと、衛兵たちを睨みつけた。

「妨げるつもりはありません。ただ、頑なな態度なのを見ると、我々としても、何か隠しているのではないかと思うわけですよ」

「衛兵についていかなかっただけで、何か隠していると思うのは失礼だわ。そっちこそ、そんなにしつこいのは怪しいわ」

「断られて素直に通していたら、この仕事はできないですよ」

ああ言えばこう言うだな。この衛兵に対する怒りが、どんどん蓄積していく。

「いいからさっさと許可を出してくれよ。出せないって言うなら、理由を説明しろ。簡潔にだ」

威圧しながら、衛兵を睨む。こういうやつにはストレートに聞いたほうがいい。適当なことを言って誤魔化そうとしてくるからな。

「……あなた方の通行を許可します」

衛兵は苦虫を噛み潰したような顔をすると、背を向けた。

「無茶苦茶な理論を展開してこなくてよかった」

なんでも自分の思い通りになると思っているやつは、穴だらけの理論を堂々と話してくる。

そして、穴を指摘しても、間違いだと認めない。

そんなやつと比べたら、こいつは話が通じるだけ幾分かマシだ。

「ニナ、行こう」

「そうね」

ニナとシュガーとソルトはローブを羽織り、ニナは更に《気配隠蔽《けはいいんぺい》》のスキルを使った。俺も、ニナと同じく、《気配隠蔽《けはいいんぺい》》のスキルを使う。

ケイン、ガイル、ムートン、御者の四人からも認識されなくなってしまったが、四人にはちゃんと事情を説明してあるので問題ない。

「凄ぇ。ここにいるのはわかるんだけど、見えない。えーっと……あ、これは誰の……ぶはぁ！」

ケインは誤ってニナの胸を触ってしまい、強烈ビンタを受けてしまった。

ケインが宙を舞い、頭から地面に落ちる。

「これはヤバいな」

《鑑定《かんてい》》すると、ケインは顎を粉砕骨折《ふんさいこっせつ》し、頭蓋骨《ずがいこつ》にはひびがたくさん入っていた。

俺は即座に《超回復《ハイヒール》》を使ってケインを治癒する。

「ニナ、流石にヤバい。大怪我だぞ」

これはやりすぎだと思った俺は、ニナに説教をした。

「ご、ごめん。まさかそこまでの怪我なんて……」

ニナは青ざめると、しおらしい態度でそう言った。

「あと、ケイン。迂闊《うかつ》に手を出さないほうがいいぞ。何に当たるかわからないからな」

「す、すまん。これ程の《気配隠蔽《けはいいんぺい》》は見たことがなくて、興奮してた……」

ケインもニナと同じようにしおらしい態度で謝った。

「まあ、ちょっと威力が高かったが、あのビンタがケインへの罰ってことで、ここは互いに水に流そう。雰囲気が悪くなるのはいやだろ」

「ええ。ちょっと引っ叩いて怒りは収まったから」

「ちょっとどころじゃなかったけど、まあ女性の胸を触ったんだ。仕方ない」

こうして、ニナとケインは和解し、俺たちは再び馬車に乗り込んだ。

だが、この時俺たちは気づいていなかった。

ニナの服に何かがついていたことに――

俺たちが乗る馬車は、石畳《いしだたみ》の道を通り、ある宿の前で止まった。

ムートン曰《いわ》く、この宿は商人御用達《しょうにんごようたし》の宿で、馬小屋と馬車を置いておくスペースがあるらしい。

俺たち護衛は、ムートンとは別に、それぞれ各自で宿を取る。

「みんなありがとな。明日の九時にここを出る。だから、それまでは自由にしててくれ」

「わかりました」

俺は頷くと、馬車から飛び下りた。

「ニナ、とりあえず宿を取りにいかないか？」

気配を隠しているとはいえ、この街の領主に目をつけられている以上、街中を歩き回るのはやめたほうがいい。俺は宿でのんびり作業しようと思っている。

「そうね。ケインが言っていたことが本当である可能性も捨てきれないわ。だから、この街では大人しくしていましょ」

ケインは道中に、レベル7の《気配隠蔽《けはいいんぺい》》を持つ人も、この街の領主に見つかったことがあると言っていた。

人望なんてこれっぽっちもなさそうなゴウマーンド伯爵が、レベル7以上の《気配察知《けはいさっち》》を持つ人を雇えるとは考えにくい。もしかしたら、《気配察知《けはいさっち》》で気配を探る以外にも、居場所を特定できる方法があるのかもしれない。油断はできない。

「というわけで、オススメの宿への案内を頼む！」

ウェルドについてさっぱりわからない俺は、宿探しをニナに任せることにした。

「ええ。安くて評判のいい宿へ行きましょ。ついてきて」

ニナはニコッと笑うと、先に立って歩き始める。

「ありがとう」

こうして俺はニナと共に宿へ向かった。

第三章　怪しい黒い影

「やれやれ。尋問には自信があったんだけどなぁ」

俺は表向きはウェルドの衛兵部隊で、副隊長をしている。

頭を掻《か》きながらそう言うと、衛兵の詰所にある隠し部屋に入った。

先程、レインとニナとかいう冒険者を門で問い詰めたのだが、なかなかボロを出さず、結局領主館につれていくことはできなかった。

隠し部屋の中には、ニナにくっつけておいた発信機の場所を示す、地図の形をした魔道具がある。

この魔道具は、神聖バーレン教国の古代《こだい》遺跡《いせき》から盗んできた国宝級の代物だ。

俺はその魔道具を起動し、黒い点を探した。

「……いた。場所は……和《なご》み亭《てい》か」

値段の割に設備がいいため、かなり人気の宿だと記憶している。

そんな人気の宿に黒い点があった。

「相手はメグジスを死者一人出さずに守り抜いた英雄と、それに準ずる実力を持ったAランク冒険者。天職は情報から推測するに、聖騎士と魔法師といったところか」

このコンビと正面から戦おうものなら、俺が集められる戦力を全てぶつけても、すぐにやられてしまうだろう。

まあ、俺はやつらと戦うつもりはない。領主様のところへ行くよう説得するだけだ。

そのため、二人が別々の部屋に泊まってくれたのは、ありがたかった。

作戦は、まずニナを不意打ちで捕らえて人質《ひとじち》にする。

その後、ニナを使ってレインを捕らえる。

そして、快《こころよ》く領主様のもとへ行ってもらうとしよう。

作戦を決めた俺は、魔力発信型通信機を起動させた。

「ターゲットはニナ。場所は和み亭。作戦Cを実行。俺もすぐに向かう。F点を開けておけ」

これで街中にいる俺の部下全員が、動き出したことだろう。

「では、俺も行くか」

衛兵の副隊長モードから、ウェルドの唯一の裏組織・黒影部隊《こくえいぶたい》の隊長モードに切り替えた俺は、部屋の外へ出ていった。

◇　◇　◇

「ここが本日の宿。和み亭よ」

ニナは一軒《いっけん》の宿を指差すと、そう言った。

和み亭の外観はこの街にある他の宿よりも綺麗で、それだけでもかなりの好印象だ。

俺は《気配隠蔽《けはいいんぺい》》を解除し、ニナはローブを脱ぐと、ドアを開け、宿の中に入った。

宿の一階は食堂になっており、この時間帯でも酒を飲んでのんびりしている人が何人かいた。

すると、食堂のカウンターから優しげな顔をした初老の男性が出てくる。

「一部屋のお値段は、小銀貨二枚、銅貨五枚です」

「はい。どうぞ」

「どうぞ」

俺たちは男性に一泊分の宿代を手渡した。

「ありがとうございます。部屋は二階の３０３、３０４号室をお使いください。それではごゆっくり」

男性は頭を下げると、俺に３０３号室の鍵を、ニナに３０４号室の鍵を手渡す。

「ありがとう。ニナ、今日は部屋でおとなしくしているか？」

「そうね。寝不足だから、私は夕食まで寝てようかしら」

俺たちは話しながら二階に上がり、それぞれの部屋のドアを開けて、中に入った。

「……作業しようと思ってたけど、俺も寝不足だからちょっと寝るか」

夜営の見張りのせいで若干寝不足気味の俺は《気配隠蔽《けはいいんぺい》》のスキルを使うと、シュガーとソルトをベッドに乗せてから、自分もダイブした。

「……自分からクソ領主に会いにいくのは癪《しゃく》だけど、放っておいたら後々面倒なことになりそうだし、領主の性格を変えておいたほうがいいかなぁ……」

俺は天井をぼんやりと眺めながらそう呟いた。

「……いや、直接手を出してこない限りはやらなくていいか。気にくわないからって人の性格を変えるのは、やりすぎな気がする……」

そんなことをしていたら、その内世界規模の洗脳とかを平気でやるようになりそうだ。そう考えると……うん。恐ろしい。

「一応気配も探っとく……か！」

そう思い、《気配察知《けはいさっち》》を使った瞬間、俺は目を見開き、上半身を起こした。

「四方八方から走ってくる人間がいるな……」

この宿に泊まりに来る人間……ではないな。

全員が人のいない場所を選んで移動している。これはどう考えても偶然ではない。

そうなると……

「ちっ、クソ貴族の追手だな」

目的は十中八九、俺たちを領主館につれていくことだろう。

そんなことを考えている間に、やつらはこの宿を上手く囲むように陣取った。

それにしてもこの連携《れんけい》。かなりのものだな。

「だが、どうして見つかったんだ？」

ここに来るまでの間に怪しい気配や視線は感じなかった。

ずっと《気配隠蔽《けはいいんぺい》》のスキルを使っていたし、ニナとシュガーとソルトにはローブを着せていた。

俺たちがここにいると知る方法はないはずなんだが……

「ちっ、まあそれはそいつらに聞くとしよう」

俺は舌打ちをすると部屋を出て、ニナのもとへ向かった。

「ニナ、入ってもいいか？」

俺は部屋の中にいるニナにそう言うと、緊急事態だったこともあり、返事を聞かずにドアを開け、中に入った。

「ちょ、ま……」

部屋の中には下着姿のニナがいた。

ニナは俺を見ると驚いて硬直した。持っていた服がぼとっと床に落ちる。だが、俺は動揺しない。

「ニナ、この宿を囲んでいるやつらがいる。恐らくクソ領主の追手だろう。とりあえず、いつでも戦えるようにしていてくれ」

俺は手短に状況を伝えると、床に落ちた服をニナに渡した。

「で、出てってー！　と言って追い出したいところだけど、緊急事態なら仕方がないわ。すぐに着替えるから後ろ向いてて」

ニナは顔を真っ赤にしながら俺を指差すと、早口でそう言った。

「お、おう」

俺はそんなニナの様子に困惑しつつも、背を向けた。た、確かに女性の下着姿を見てしまうのはアウトだな。だが、緊急事態だから返事を待たずに入っても仕方がない……よね？

「……よし。こっち向いて」

許しが出た俺は、くるりと振り返ってニナを見た。

「それじゃ、詳しく説明して」

「ああ。わかった。まず、この宿を囲む人間が十六人いる。強さは……ケインやガイルよりも少し強いといったところだな。魔力量から考えるに、魔法師はいないだろう。あと、全員気配を消している。今はこの宿をじっと見つめているな」

俺はさっきよりも詳しく説明した。

「なるほどね。なら外に行こう。ここだと戦いにくいし」

ニナが部屋を見回しながらそう言った。

確かにこの部屋の広さでは、魔法は使いにくいだろう。

というか、部屋の中で戦闘なんてしたら、血や魔法でめちゃくちゃになってしまう。

一応元通りにすることはできるが、それでも大騒ぎになってしまうことは避けられない。こっちから仕掛けたほうが先手も取れるし、目立たずに済む。

「そうだな」

俺は頷くと、ニナと共に部屋を出た。

宿を出た俺たちは、辺りをぐるりと見回す。

「いい感じにこの宿を囲んでいるな……て、ん？」

俺はこの宿を監視しているやつらの視線に違和感を持った。

「どうしたの？」

ニナは心配そうに俺の顔を見つめる。

「なんかやつらの視線が、今俺たちがいる場所に集中しているんだ」

「え……も、もしかして見つかったの⁉　このローブの認識阻害《にんしきそがい》はかなりのものよ。しかも、そこに私の《気配隠蔽《けはいいんぺい》》のスキルが加わっているのよ。なのに……」

ニナは目を見開いて驚いた。

「見つかったかはわからんが、まあ、なんと言うか……やつらは俺たちの居場所が正確にわかるようだな。だが、姿は視認できていない」

「どこにいるのかは正確にわかる。だけど、見つけられない。どういうことかしら？」

ニナは腕を組むと、首を傾げた。

「……ちょっと動いてみるか」

俺たちは右に三十メートル程移動した。すると、少し遅れてやつらの視線も動く。

「……なるほど」

俺はそう呟くと、《魔力探知《マジックサーチ》》を使った。

「……やはりか」

ニナの腰辺りにある何かから、門の方向に魔力の糸が出ている。

しかも、魔力の主は《魔力隠蔽《まりょくいんぺい》》のスキルを持っているようだ。

「《追跡《トラッキング》》の魔法か。ただ、魔力にムラがあるのを見るに、《刻印《こくいん》》で作った魔法陣に魔力を流して使っているな」

《追跡《トラッキング》》と《刻印《こくいん》》は共にレベル8で使えるようになる無属性の魔法だ。

だが、このレベルまで魔法を極められる人はそうそういない。

恐らくだが、無属性魔法を極めた人が残した魔道具――国宝になるようなものを使っているのだろう。

「ニナ、服の裾《すそ》を確認してみてくれ」

「わ、わかったわ」

ニナは困惑しつつも頷くと、俺に背を向けて服の裾を確認し始めた。

すると……

カラン。

地面に缶バッジをめちゃくちゃ小さくしたようなものが落ちた。

「これは……何かしら？」

ニナはそれを拾い上げると、不思議そうに言う。

「それはニナの位置を伝える魔道具だ。これのせいで俺たちの居場所がバレたんだ」

俺はその魔道具について、簡単にニナに説明した。

「そんな魔道具があるのね。知らなかったわ」

ニナはそれをまじまじと見つめながら、そう呟く。

「とりあえず、それは壊さずにここに隠しておこう。そして、これに気を取られている隙にやつらを潰す。ニナはこの宿の裏側にいるやつらを倒してくれ。ただ、無茶はするなよ」

この状況では、バラバラに行動して、素早く倒してしまうのがいいだろう。

あのローブがあれば、この程度の相手なら気づかれずに倒すことができるので、ニナの身を心配する必要はない。

「わかったわ。レインも気をつけて」

「ああ」

俺たちは頷き合うと、追手を倒すべく動き出した。

◇　◇　◇

「様子はどうだ？」

宿の向かい側にある建物の裏に到着した、黒影部隊隊長の俺は、二人の部下に問いかける。

「先程指令室に入ったドルスの報告によりますと、まだ宿からは出ていないようです。私の《気配《けはい》察知《さっち》》では、レインの気配は確認できず、ニナの気配もとぎれとぎれです」

部下は跪《ひざまず》くと、申し訳なさそうに言った。

「大丈夫だ。今回は相手が悪い。そう気を落とすな。それよりも、早く準備をするんだ。準備が整い次第行くぞ」

俺は部下を励ますと、魔力発信型通信機を起動させた。

「ドルス。動きはないか？」

「今のところ動きはありませ……って、動いてます！　宿を出てすぐの場所にいます！」

「わかった。《気配察知《けはいさっち》》」

俺は即座に《気配察知《けはいさっち》》を使った。レベル6の《気配察知《けはいさっち》》を持つ俺は、発信機によって相手の居場所を確認しながら、更にスキルで気配を探る。

こうすることで、レベル7の《気配隠蔽《けはいいんぺい》》を持っている者も、見つけることができる。

はずなのだが……

「……いないぞ？　ドルス。本当に宿を出てすぐの場所にいるんだよな？」

もうどこかへ行ってしまったのではないかと思った俺は、ドルスにそう問いかけた。

「は、はい。そこにいます……あ、たった今動き出しました。南に向かって歩いています！」

ドルスはそう報告してくれた。

だが……

「いないぞ……そこにいるとわかっているのに……」

居場所がわかっているにもかかわらず、見つけることができない。

一粒の汗が頬を伝う。心臓の鼓動が速くなる。体が震える。

これは――得体の知れないものへの恐怖だ。

俺の本能が、必死に訴えるのだ。

あいつらに手を出したら、待っているのは死と絶望だと……

「……だが、ここで引き下がるわけにはいかない。怖気づいて、しっぽを巻いて逃げるなど、できるわけがない」

この街を裏から牛耳《ぎゅうじ》る、黒影部隊隊長である俺だ。

その俺が逃げたと知られたら、嘲笑《ちょうしょう》の的になってしまう。

それだけはなんとしても避けなくてはならない。

「見せてやるよ。俺たちの戦いってやつを」

俺は気合いを入れると、見えざる敵を睨みつけた。

◇　◇　◇

「やるか。《中距離転移《ワープ》》」

すぐに片付きそうな左右の敵から攻めることにした俺は、《中距離転移《ワープ》》で和み亭の右隣にある建物の屋根の上に転移した。

「……いた」

屋根の上には、気配を隠して潜んでいる四人の男性がいた。

四人とも、特徴がないことが特徴だと言いたくなるぐらい、超普通の人間だ。レベルは１００代後半が二人、２００代前半が二人だ。

気配を消している俺に気づく様子はなく、ただひたすら隠れながら、ついさっき俺がいた場所を監視していた。

「はっ」

俺はダークを抜いて、四人の首をまとめて切断する。

そのあと、素早く四人の死体を《転移門《ゲート》》でディーノス大森林の最深部に送った。

彼らの死体はあとでスタッフ（魔物）が美味しくいただきました。

「よし。次」

俺は振り返ると、和み亭の左隣の建物の屋上に《中距離転移《ワープ》》で転移した。

こっちにも敵が四人いる。

「今日の任務の報酬やけに多いよな～」

「だな。この作戦に出るだけで小金貨一枚だ。俺はあとで高級酒でも買おうかな」

こっちでは小声で会話を楽しんでいた。真面目に監視をしていたあっちとは大違いだ。

まあ、俺としてはこうしてサボっていてくれたほうがありがたい。

「ふっ、俺は今回の報酬金で指輪を買って、ミユちゃんにプロポーズをするんだ」

「お、あの可愛い子か。確か結婚するために、あの子の彼氏を殺したんだっけか？」

「マジかよ。そんなことしてたのかよ。まあ、応援はするぜ」

「そういうのを世間一般ではヤンデレって言うんだっけ？　恋愛には興味ないから詳しくは知らんけど」

その四人の会話を聞いた瞬間、俺は思ったんだ。それ、フラグだぞ……って。

どうして人は死に直結するようなフラグを立ててしまうのだろうか。

戦闘前にプロポーズの宣言とか、前世のアニメの中だったら、死んできますと言っているようなものだ。

というか、結婚したいからって、その人の彼氏を殺すとかヤバすぎだろ……。

「……まあ、とりあえず俺たちを襲おうとした報いは受けてもらうよ」

俺はそう呟くと、横なぎに剣を振った。

そのあと、先程と同様に彼らの死体を《転移門《ゲート》》で転送する。

もちろん、彼らの死体はあとでスタッフ（魔物）が美味しくいただきました。

「ニナは……お、圧倒できているようだな」

和み亭の裏にいた五人を、ニナは次々と撃破しているようだった。これなら助太刀《すけだち》は必要ないだろう。

「さて、俺は親玉と《追跡《トラッキング》》の装置を持っているやつを潰しにいくとするか」

まず親玉らしき人がいる和み亭の正面の建物の屋上に転移する。

……そこか。

建物の屋上から、裏にいる三人組を見下ろす。

レベルは、２００代後半が二人、４００代後半が一人だ。

色々と聞きたいことがあるので、一人は生かしておこう。

「おい。返事をしろ」

「おーい……こっちもダメです。繋がりません」

「こっちは悲鳴しか聞こえない」

下にいる三人は、無線機みたいなものを持ち、動揺しているようだった。

そこに俺が、声をかける。

「お前が俺たちを襲おうと企《たくら》んでいる集団のボスでいいかな？　色々と聞きたいことがあって、こっちから来ちゃいました」

男性二人を瞬殺し、スタッフ（魔物）のもとへ送り届けた俺は、《気配隠蔽《けはいいんぺい》》を解除すると、目の前で呆然としている男性に、笑いかけながらそう言った。

よく見たら、ボスらしき男性は昼間、門で足止めしてきた衛兵だった。

随分と雰囲気が違うから危うく見逃しそうになったが、確かに同一人物だ。

「い、いつの間に……」

男性は短剣を両手に構え、俺を見て目を見開く。

「お、俺の部下に何をした！」

男性は足を震わせつつも、怒りをあらわに叫ぶ。

こういう集団のボスって部下は使い捨てだと思っていそうだけど、そういうわけでもなかったのか……。

「……お前の部下ならあの世に行ったよ。死体は今頃魔物が片づけていると思う。それで、俺がお前を生かしている理由はわかるよな？」

俺はそう言うと、男性を睨みつけた。

「情報が欲しいってか？　まあ、この状況で戦ったところでお前には勝てないだろう。降参するしかないな。勝てないと知ってて挑む程、俺は馬鹿じゃない」

男性は悔しそうに言うと、短剣を地面に落とした。

思いのほかあっさりと負けを認めたな。

「ほらよ。これが指示書と瓶だ」

男性は何もかも諦めたような口調でそう言うと、懐から紙と瓶を取り出した。

って……なんで瓶？

「……その瓶の中身毒じゃねぇか」

俺は《鑑定《かんてい》》で、瓶の中身がポイズンタイガーの牙を粉末にしたものだと知った。

男性が俺に、瓶と書類を投げつける。俺は瓶を割らないようにキャッチした。

「油断したな！」

男性は俺がキャッチする直前に、同じ瓶を取り出すと、中身を俺に振りかけた。

「《結界《けっかい》》」

俺は即座に《結界《けっかい》》を展開して毒の粉を防ぐ。

「中途半端に強いやつは諦めが悪いんだよな」

俺は《結界《けっかい》》を解除すると、そう呟いた。

「こ、これも防ぐのかよ……なら！」

男性は歯ぎしりをすると、懐から取り出した三本の短剣を投げてきた。

そして、それと共に自身も近づいてくる。

「俺とお前には圧倒的な差があるんだよ」

三本の短剣を剣（ダーク）で弾きながらそう言うと、男性を《睡眠《スリープ》》で眠らせた。

「さてと。こいつから色々と聞き出さないとな。だが、その前にこの会話を魔道具を通して聞いているやつのところへ行くか」

俺は転がっていた無線機を破壊すると、その無線機に向かって流れていた魔力を感知し、発信元の人物の場所を特定した。

「よし。《長距離転移《ロングワープ》》」

男性を抱え、相手側の無線機から流れていた魔力をたどって、転移する。

「お、いたいた」

転移先には、青ざめた顔をした一人の男性がいた。

「ひぃ……」

男性は俺を見るなり涙目になって怯えると、腰を抜かして座り込んだ。

強気に話しかけてきたこいつとは正反対だな……いや、こいつは怯えることで俺の油断を誘うつもりかもしれない。

「まあ、どっちにしろ殺すけどな」

俺はダークで男性の首を切断すると、死体を《転移門《ゲート》》でスタッフ（魔物）がいるディーノス大森林の最深部に送った。

「それじゃ、ここでじっくりと事情を聞くとするか」

俺はそう呟いて、抱えていたボスを床に転がした。

しゃがんで、男性の頭に手をかざす。

「《精神操作《マインドコントロール》》」

ボスの精神を操作して、俺の命令に従うことしかできない、機械のような人間に作り替えた。

自分でもヤバいことをしている自覚はあるよ。

こいつはもう、自分の意思で食事をすることも、話すことも、動くこともできなくなってしまったんだから。

「さて、それでは質問をするとしよう。お前たちは何故、俺たちを襲いにきたんだ？」

すると、男性は機械のような動作で首を動かし、口を開いた。

「はい。それは、あなたたちを領主のもとへつれていくためです」

男性は自動音声のような口調でそう言った。

声の強弱や表情が変わらないので、若干のホラー味を感じる。

「……まあ、予想通りだな。それで、お前は誰なんだ？　ただの衛兵ってわけではないよな？」

「はい。私はこの街、ウェルドの裏側を統括しています。基本的には裏社会で好き勝手しようと企むやつを始末したり、領主の秘密の命令をこなしたりしています」

なるほど。貴族の汚れ仕事を担っているってわけか。

そして、普段はこの街の裏側を牛耳っていると……

「わかった。これが最後の質問だ。領主の寝室は領主館のどこにあるんだ？」

俺は全ての元凶であるウェルドの領主、ゴウマーンド伯爵とおはなしをすることにした。

早いほうがいいから、今夜早速おはなしに行こう。

「領主の寝室は領主館の三階にあります。テラスがある唯一の部屋なので、外から見れば一目瞭《いちもくりょう》然《ぜん》だと思います」

「なるほど。三階のテラスがある部屋か……よし。ご苦労さん」

俺はそう言うと、《転移門《ゲート》》を開いた。

「はい。ありがとうございます」

ウェルドの裏の権力者は最後にそう言い残すと、この場から消えた。

《転移門《ゲート》》が閉じる瞬間に骨が砕けるような音が聞こえたので、彼はもうスタッフ（魔物）によって美味しく食べられてしまったのだろう。

「次はまっとうに生きられるといいな」

俺はそう呟くと、和み亭の屋根の上に転移した。

◇　◇　◇

「……いた」

私――ニナの視線の先には五人の男がいた。みんな魔力発信型通信機を手に慌てている。

「おい。返事しろ！　……ダメだ。繋がらない」

「おい！　……ダメだ。こっちもだ」

「ボス……あ、ボスのほうは大丈夫みたいです」

会話の様子から察するに、何か異常が起きているみたい。

きっと、レインが他の仲間を倒しているのだろう。レインの強さにはもう驚かされっぱなし。

私もいつか彼を驚かせてみたいなって思うけど、レインって意外と驚かないのよね。

流石は長い時間生きている人ね。

「よし。私も頑張らないと。《水牢獄《ウォータープリズン》》」

私はレインからもらったローブと《気配隠蔽《けはいいんぺい》》を使ってこっそり距離を詰めると、水の檻《おり》で作った牢屋に五人を閉じ込めた。

「な⁉　これはなんだ⁉」

「ま、魔法だ！　一斉に同じ場所を攻撃して抜け出すぞ！」

思ったよりも冷静ね。最適解を短時間で見つけている。

だけど、脱出するのを指をくわえて見てる程、私は馬鹿じゃないわよ。

「《水圧縮《ウォータープレス》》！」

私は《水牢獄《ウォータープリズン》》ごと五人を大きな水球に閉じ込めると、圧殺した。

このコンボは必死の手なのよね。

「さて、レインのほうはどうなったかな？」

私は空を見上げると、そう呟いた。

◇　◇　◇

「ニナのほうは片づいたか？」

和み亭の屋根の上に転移した俺は、建物の裏を見下ろした。

すると、そこには全身がびしょびしょの状態で倒れている五人の男性がいた。

そして、男たちの前にニナが立っている。

「片づいたみたいだな」

俺は屋根から飛び下りて、ニナの前に着地しそう言う。

「あ、レイン。こっちは見ての通り片づいたわ」

ニナが俺の姿を見て笑みを浮かべる。

「それはよかった。俺のほうも全て片づいて、ついでに色々と話を聞いてきたから。あ、こいつらは俺が処理しておくよ」

そう言いながら、目の前に転がっている死体を《転移門《ゲート》》でスタッフ（魔物）のもとへ送り届ける。

魔法陣を偽装したので、ニナは俺が死体を《収納《ボックス》》に入れたと思っているだろう。

「宿を囲んでいたあいつらは、この街の領主の指示で俺たちを無理やりつれていくつもりだったらしい。あと、この集団のボスはさっき門で俺たちをしつこく引き留めた衛兵だったよ」

俺は知っていることをわかりやすくニナに伝えた。

「まあ、予想通りね。ただ、このままだとまた明け方頃に襲撃されると思う。私利私欲しかない人間って、諦めが悪いのよね」

ニナは腕を組むと深くため息を吐いた。

「そうだな。だから、俺は今夜領主とおはなしをするつもりだ。そして、金輪際俺たちにかかわらないと約束してもらおう」

俺はニヤリと笑いながら、そう言った。

「……正気？」

ニナは疑うような目で俺のことを見つめる。

「まあ、そう言いたくなる気持ちもわかる。だが安心しろ。俺たちに絶対に手を出せなくする素晴らしい方法を思いついたんだ。あ、ちなみにニナはつれていかないよ。あと、領主は殺さないからね」

俺は不敵な笑みを浮かべると、そう言った。

「まあ、わかったわ。レインは無謀《むぼう》なことをするような人じゃないからね。私は信じて待つことにするわ」

ニナは呆れたような顔をすると、深く息を吐いた。

「そんな顔するなって。まあ、信じて待っててくれよ」

俺は微笑みながら、そう言った。

◇◇◇

「あいつらと連絡が取れなくなっただと？」

ソファに深く座り、高級ワインに舌鼓《したつづみ》を打っていた俺――ゴウマーンドは、部下の言葉で一気に不機嫌になった。

「はい。通信機に入る魔力が途絶えたことから察するに、通信機は破壊されてしまったようです」

部下はビクビク怯えながらそう答えた。怯えている人間は滑稽《こっけい》だな。

だが、今はこいつを面白がっている場合じゃない。

「死んだか。まあ、代わりはいくらでもいるから問題ないな」

こちらには、まだ隷属紋《れいぞくもん》を刻んだ元Aランク冒険者がいる。しばらくは殺しがスムーズに進まなくなるかもしれないが、強さだけならあいつよりも上だ。裏の仕事にもすぐに慣れるだろう。

それにしても、あいつは堕ちたものだ。宿に入って油断しているやつに後《おく》れを取るなんて。

まぁ、所詮《しょせん》は平民上がりの下賤な犯罪者か。

「英雄は何故俺に従おうとしないんだ。上級貴族である伯爵家の当主である俺が、わざわざ遣いを送ってやったんだぞ！」

丸くなった腹を掻きながら立ち上がり、目の前で跪いている部下の頭に、空になったワインの瓶を叩きつけた。

「ぐ……う……」

部下は頭から血を流して苦しんでいる。

ふん。俺につけられた傷なんだから喜べよ。

やはり、平民はクズだな。何に価値があるのか、全くわかっちゃいない。

まあ、俺は慈愛《じあい》に溢れているから、そんな些細《ささい》なことで怒らないけどな。

「とりあえず遣いを送れ！　遣いを！　そして油断したところで、毒で動けなくしてから運んでこい！」

「はっ」

部下は頭を下げると、足早に部屋の外へ出ていった。

「もうすぐ英雄が俺のものになる……」

俺はそう言うと、ニヤリと笑った。

◇　◇　◇

襲撃された日の深夜――

「よし。行くか」

俺は《気配察知《けはいさっち》》と《気配隠蔽《けはいいんぺい》》を使い、和み亭の外に転移した。

シュガーとソルトは部屋でお留守番をしている。

『うむ。この街の支配者のやり方はわしも好かん。徹底的に潰すのじゃ』

ダークは殺る気に満ちた声でそう言った。

「そうだな。あいつのせいで溜まった鬱憤《うっぷん》を晴らさせてもらうか」

俺はニヤリと笑うと上へ飛んだ。そして、《結界《けっかい》》で足場を作りながら領主館へ向かう。

「……お～、無駄に豪華だ」

メグジスの領主館の外観はきらびやかで美しかったが、この街の領主館はギラギラしていて、なんだか下品だ。

白を基調としており、建物の各所にある装飾品は金色に輝いている。

《鑑定《かんてい》》で見てみると、純金だ。多分大抵の人間はこの屋敷の外側についている装飾品を作るのにかかったお金だけでも、一生遊んで暮らせるだろう。

「領主がいる部屋は……あ、あった」

最上階である三階の中央にテラスが見えた。

テラスの奥にある部屋には明かりがついている。

十中八九あそこに、この街の領主、ゴウマーンド伯爵がいるのだろう。

「それじゃ、お邪魔しまーす」

テラスに下り立った俺は、《短距離転移《ショートワープ》》を使って部屋の中に侵入した。

「う、うわぁ……」

『やれやれ。まあ、この時間帯じゃ。予想できんことでもないじゃろう？』

俺とダークは部屋の中に入って、ドン引きした。

ドン引きポイント一つ目は、部屋の中がめちゃくちゃ散らかっていることだ。

しかも、ゴミのように転がっているもの一つ一つが小金貨一、二枚相当の高価なものだった。

そして、それらを部下らしき男性が必死になって片づけている。

その男性の顔にはいくつも痣《あざ》があり、日常的に暴力を受けていることが察せられる。

ドン引きポイント二つ目は、無駄に大きくて豪華なベッドで女遊びをする、豚みたいな男性がいたことだ。《鑑定《かんてい》》でステータスを見たところ、この豚みたいなやつがこの街の領主、ゴウマーンド伯爵だとわかった。

『三人の女性と同時に寝るとかヤバいな。しかもあの人たち明らかに嫌がってるし』

『うむ。同意のない子作りはダメじゃ。見ていて不快になる』

俺とダークはこの状況を見て、遂に堪忍袋《かんにんぶくろ》の緒《お》が切れた。

『やるのじゃ！　レイン！』

『合点承知《がってんしょうち》！　《隔離結界《かくりけっかい》》』

俺はこの部屋を《隔離結界《かくりけっかい》》で覆って、誰も入ってこれなくした。

更にこの結界は振動や音も遮断するので、異変に気づく人さえいないだろう。

「《縛光鎖《ばっこうさ》》！」

俺はゴウマーンド伯爵の足を《縛光鎖《ばっこうさ》》で縛ると、そのまま天井に逆さ吊りにした。

「みんな大丈夫？」

《気配隠蔽《けはいいんぺい》》を解除し、あられもない姿になっている女性たちに駆け寄る。

「はあ、はい」

「あ、ありがとうございます」

「た、助かった……」

三人の女性は突然現れた俺に困惑しつつも、安心したようにホッと息を吐く。

「……あ、《解呪《ディスペル》》」

女性たちがゴウマーンド伯爵と隷属紋で繋がっていることに気づいた俺は、《解呪《ディスペル》》で隷属紋を破壊した。

「これで君たちは自由だ。家に帰れるよ」

俺は微笑むと、ベッドに座る三人の頭を優しく撫でる。

あ、別に下心とかはないよ。感覚で言えば、幼い子をあやすような感じだ。

彼女たちの年齢は十代後半だけど、俺にとっては子供とあまり変わらないんだよね。

「「「う……うわあああん！」」」

すると、三人の涙腺が一斉に崩壊してしまった。

そして、俺の胸に顔を埋《うず》めながら泣き叫んだ。

「あ～、まあ、お……落ち着いて……あと、お前は静かにしろ」

俺は三人の背中をさすりながら、ギャーギャー騒いでいる豚貴族の声を《無音《サイレント》》で遮断した。

さらに、放心状態になっているゴウマーンド伯爵の部下に近づく。

「《回復《ヒール》》っと。大丈夫かー」

俺は男性の傷を癒すと、彼の顔の前で手を振ってみた。

「……は!?　な、何が起きて……は……へ？」

男性は何が起きているのか、わかっていないようだった。

「とりあえず記憶を見せてもらうぞ」

俺は《記憶の観察者《メモリーオブザーバー》》を使って男性の記憶をチラ見した。

「……なるほど。そういうことか……」

納得して頷き、そう呟く。

彼の記憶を覗いたところ、どうやら彼を含む数少ないまともな人間が、ゴウマーンド伯爵の尻ぬぐいをしていたようだ。そして、そんな優秀な彼らの手柄はゴウマーンド伯爵に奪われ、逆に失態を押し付けられたせいで、肩身の狭い思いをしていたようだ。

この街で反乱が起きていないのは彼らのお陰なのにな。

上司の失態は部下のもの。部下の手柄は上司のものって感じだな。

「……うん。とりあえずこいつは騒ぎが収まるまで眠らせとくか」

俺は《睡眠《スリープ》》で部下の男を強制的に眠らせた。

次に起きるのは明日の朝になるだろう。

「さて、彼の努力が実るようにするためにも、ゴウマーンド伯爵の人格を変えないとな」

俺がゴウマーンド伯爵と部下の男に対処している間に、ようやく落ち着いた女性三人は、涙を手で拭いながら立ち上がった。そして、俺に頭を下げて礼を言う。

「「「……あ、ありがとうございます……」」」

「気にするな。それで、君たちはこれからどうする？　家はこの街にあるのか？」

俺はダンジョンで手に入れた服を、《無限収納《インベントリ》》から三着取り出して、彼女たちに手渡す。

「はい。私たちはこの街で家族と一緒に普通に暮らしていました。ただ、領主に目をつけられてしまい、攫《さら》われたのです」

女性の内の一人が、また泣きそうになりながら言う。三人は攫われた時のことを思い出したのか、体をビクッと震わせると、暗い顔で俯く。ひどいやつがいたものだな……

「わかった。領主館の外まで連れていくよ。ただ、その前にそこにいる豚貴族をボコボコにしてみないか？」

俺はニコッと笑うと、裸で宙ぶらりんになっているゴウマーンド伯爵を指差した。

「はい。この豚貴族には散々ひどい目に遭わされましたからね」

「痛い目を見てもらわないと」

「うん。女の敵。泣いてもボコす」

三人の女性は目をキラーンとさせると、一斉に豚貴族を睨みつけた。

その瞳を見たゴウマーンド伯爵はビクッと体を震わせる。

「そんじゃ、《無音《サイレント》》は解除しとくね」

無言で殴られるだけだとただのサンドバッグなので、声は出せるようにしておこう。

「ま、待て！　俺の相手をするのはむしろ喜ばしいことなのだぞ！　この俺が、美しいと認めた女なんだからな！　それを何故——ぐあぁ！」

早々にとんでもないことを言いやがったゴウマーンド伯爵は、復讐に燃える女性の顔面パンチで叫び声を上げ、悶絶《もんぜつ》した。宙ぶらりんになっているせいで、本物のサンドバッグのように、顔面を殴られたゴウマーンド伯爵が揺れている。

「あ、死なないように俺が回復するから安心してボコボコにしていいよ」

俺はゴウマーンド伯爵に《回復《ヒール》》を使いながら、そう言った。

「「「ありがとうございます！」」」

三人の女性は燦燦《さんさん》と光り輝く太陽のように、明るい笑みを浮かべると、涙目になっているゴウマーンド伯爵を再び睨みつけた。そして、一斉に殴りかかった。

「女性は怒らせるとマジで怖いってことが、これを見ればよくわかるよ」

『同感じゃ』

この日、俺とダークは絶対に女性を本気で怒らせないと誓ったのであった。


「スッキリした」

「こいつにかまうのは時間の無駄だし、これくらいにしておきましょ」

「ん、そうね」

三人は満足げな表情を浮かべながらそう言った。

その後ろではボロボロになったゴウマーンド伯爵が、放心状態で逆さ吊りになっている。

「それじゃ、領主館の外に連れていくから俺の腕に掴まってくれ」

「し、失礼しますっ」

「は、はい」

「……」

三人は若干頬を赤くしながら頷くと、俺の両腕に掴まった。

「行くぞ。《中距離転移《ワープ》》」

《中距離転移《ワープ》》を使って、屋敷の外に転移する。

「凄い。転移で移動できるなんて……」

女性の内の一人が領主館を眺めながら驚嘆した。

「それじゃ……て、靴がないな。靴も出さないと——」

俺はダンジョンで手に入れた靴を、三人の女性に渡す。

「助けてくださり、本当にありがとうございました。あ、そういえばあなたの名前は……」

「ああ、名乗ってなかったな。俺の名前はレイン。Aランク冒険者だ」

俺はニコッと笑うと、そう言った。

「Aランク冒険者……だから、こんなことができるのですね……あの、レインさんはこの街に住んでいるのですか？」

「いや。俺は王都に行くためにここに来ただけだ。明日には出発するよ」

女性にそう言って、領主館のテラスに視線を向ける。

「それじゃ、元気でな」

最後に女性たちに笑いかけると、再びゴウマーンド伯爵の自室に転移した。

「よっと。それじゃあ、次は俺の番だな」

やつれた顔で宙ぶらりんになっているゴウマーンド伯爵のもとへ向かう。

「お、お前は……何者……だ……」

ゴウマーンド伯爵は力を振り絞るように口を開いた。

「やれやれ。自分が探している人の容姿ぐらい覚えとけよ」

俺はため息を吐いた。

「探して……ま、まさかお前は……レイン……なのか？」

ゴウマーンド伯爵は目を見開くと、そう言った。

「ああ、そうだ。今回はお前のしつこい勧誘に引導を渡すためにきたんだ」

俺は腕を組みながらそう言うと、《縛光鎖《ばっこうさ》》を解除して、ゴウマーンド伯爵をベッドの上に落とした。

「がっ……っく……お前！　無礼だぞ！　これから俺の部下になるってんなら、敬《うやま》え！　跪け！」

なんだこいつは？　俺がいつ、こいつの部下になると言った？

『何を言っとるんじゃ。こやつは……』

ダークも言葉の意味がよくわからないようだ。しかし、ここで俺は気がついた。

「……あ、もしかして、引導を渡すってのが、部下になることだと思ったのかな？　いや、流石にそれはないだろ」

ないないと手を左右に振りながら、そう言う。

確かにこいつの部下になれば、勧誘はなくなる。

だが、こんな腐った貴族の部下になろうとするやつがいるわけがない。

俺がこいつの部下になるよりも、一秒後に世界が消えることのほうがまだ信憑性《しんぴょうせい》がある。

「じゃあ何をしにきたのだ！　俺の部下にならないと言うのなら殺してやる。おい護衛！　さっさと来い！」

ゴウマーンド伯爵が大きな声で叫んだ。

……しかし、誰も来なかった。

「何故だ！　何故誰も来ないんだ！　……ん？　なんだ。お前そこにいたのか。おい！　さっさとこいつを殺せ！」

ゴウマーンド伯爵は夢の中にいる部下に怒鳴り声を上げる。

だが、魔法によって強制的に眠らされた彼がこの程度で起きるわけがない。

「くっ……こんな大事な時に何をやっておるんだ！　役立たずがぁ……」

寝ている部下に怒っているこいつに言いたい。

何もかも部下に任せっきりのお前のほうが役立たずだ……と。

「彼は明日まで起きないよ。この部屋は特殊な結界で覆ってるから、ここの音や振動が外に伝わることはない。それじゃ、俺から色々と言わせてもらおうか」

俺はゴウマーンド伯爵の胸ぐらを掴むと、床に引きずり落とした。

「まずさ。お前部下からの伝言ちゃんと聞いたか？　金輪際俺たちに関わるなってお前に伝えろって言ったんだ」

ゴウマーンド伯爵を睨みつけて、そう言う。

すると、ゴウマーンド伯爵は焦ったように口を開いた。

「そ、そんなことは聞いてない！　そ、そうか。だから怒っているのか。なら早速その部下を処刑する。これでお前も安心して俺の部下になれるというわけか」

な、なんだこいつは。どこまでご都合主義な頭をしているんだ？

ここまでくるともう呆れたどころではないな。そして、芽生えてきたのは怒りだ。

「おい！　何都合のいいように解釈してんだよ！　ここまでくるともう拷問《ごうもん》したくなるんだけど。お前の魂を《終わりなき時の牢獄《エンドレス・プリズン》》に入れてやろうか？　マジで」

俺はこの世界、ティリオスに転生して以来、初めて怒鳴り声を上げた。

《終わりなき時の牢獄《エンドレス・プリズン》》は対象の魂を異空間へ放り込み、魂が消滅するまでずっと閉じ込める地獄の魔法だ。これを使ってやろうかと真剣に考えるぐらいにはイラついている。

「もういい。これでお前は生まれ変わる。残りの人生は人の幸せを願い続けろ。《精神操作《マインドコントロール》》」

俺はゴウマーンド伯爵の頭に手をかざし、人格を変える。

「ぐあああ！」

ゴウマーンド伯爵は、頭を両手で鷲掴《わしづか》みにすると、ベッドの上で暴れ出した。

「おっと。動かないでくれ。これ操作を誤ったら精神が崩壊……つまり廃人《はいじん》になっちゃうからさ」

俺は《空間捕縛《スペーショナルロック》》でゴウマーンド伯爵を拘束し、作業を再開した。

今回やるのは、昼間倒したボスに施したものとは比較にならない程、難しいものだ。そのため、邪魔されたら失敗する可能性がある。

「魂を包んでっと……よし。人格の複製と変化もできてるな……うん。完璧《かんぺき》だ」

こうして出来上がったゴウマーンド伯爵がこちら！

「私の名前はクーデンス・フォン・ゴウマーンド。此度《こたび》は大変申し訳ございませんでした」

ゴウマーンド伯爵は俺の前に立つと、礼儀正しく挨拶し、そして謝罪した。

「うん。ちゃんと他の人にも謝れよ。そして、尻ぬぐいをしていた部下には感謝をしろ」

俺はニコッと笑うと、そう言った。

「はい。まずは貴殿に感謝を。私の身に宿っていた別人格を封印してくださり、誠にありがとうございます」

ゴウマーンド伯爵はそう言うと、深く頭を下げた。

「成功のようだな」

俺が何をしたかって？

それはな、ゴウマーンド伯爵の人格を精神の核に封印し、代わりに複製して改造した人格でこの体を支配したのだ。え？　わかりにくい？

ん～……じゃあ簡単に言うと、こいつは今日からクソ貴族ではないってことだよ。

だから今、目の前で動いているゴウマーンド伯爵は、自身が操られていたと思っているってわけだ。人格は違っても、記憶は共有しているからな。

一応、ゴウマーンド伯爵の昔の人格も封印されているだけで、残ってはいる。

だが、ガッチガチに固めた場所に閉じ込めたので、昔のゴウマーンド伯爵の人格はだいぶ悲惨なことになっている。

（な、なんだ!?　う、動けねぇ。話せねぇ。手足の感覚もない。何も聞こえない。だけど、今この体を動かしている俺が見ている景色だけは見られるってことかよ……あいつ……殺してやる！　う、動けぇ！　俺の体あああぁ！）

とまあ、こんな感じで元気（？）に生きている。だが、想像してみるといい。

自身が死ぬまでの間にできることが、音のない現実世界の鑑賞だけだとしたら……

ある意味、死ぬよりも恐ろしいだろうな。

「お前は民の幸せを願って生き続けるんだ！　わかったか？」

俺はビシッとゴウマーンド伯爵を指差すと、そう言った。

「はい。命を削っても、民のために尽くすことを、クーデンス・フォン・ゴウマーンドの名において誓います」

ゴウマーンド伯爵は片膝をつき、胸に手を当てると、そう言った。

「そうだな。馬車馬の如《ごと》く働くんだぞ。それじゃ」

俺は軽い口調でそう言うと、領主館の外に転移した。

「残りを潰しにいかないとな」

月を眺めながらそう呟く。

『ん？　まだ何かあるのか？』

ダークが不思議そうに問いかける。

「ああ。実は、昼間潰したやつらの残党がまだいるみたいなんだ」

ゴウマーンド伯爵の記憶を見てわかったのだが、俺たちが昼間潰した組織の名前は黒影部隊というらしい。あそこにいたのは全滅させたのだが、黒影部隊はあれで全員ではなく、まだ副隊長を筆頭とした集団が残っている。そして、そいつらは早朝に和み亭への襲撃を計画しているというのだ。

それはもう潰しにいくしかないよな。

「じゃ、行くか」

俺は《気配隠蔽《けはいいんぺい》》を使うと、ゴウマーンド伯爵の記憶を頼りに黒影部隊のアジトの入り口に転移した。

「ここがアジトか。それにしても、この辺ちょっと臭《くさ》いな」

アジトがある建物の周囲は死臭が漂っていた。

そして、気配から察するに、ここの治安はかなり悪そうだ。

「スラムって本当に悲惨な場所なんだな……」

日本と比べると、この世界の生活水準はかなり低い。そのため、貧しい人が生きるために犯罪に手を染めることも日常茶飯事《にちじょうさはんじ》だ。

そんな貧しい人と犯罪者の巣窟《そうくつ》になっている地区がここなのだ。

「治安はあいつが早急になんとかしてくれるだろう」

あいつ——ゴウマーンド伯爵は民のために尽くすと誓ってくれた。

多くの民が苦しむスラムの対策は真っ先に考えてくれることだろう。

「それじゃ、お邪魔します」

俺は建物の入り口で見張りをしていた二人を斬り、スタッフ（魔物）のところへ送り届けると、ドアを開けてアジトの中に侵入した。

「何者だ！　……ん？　誰もいない？」

一階にいた四人は一斉に武器を構えると、ドアを見た。

だが、こいつらではこの距離でも俺を見つけることはできない。

「はっ」

床を蹴って素早く近づくと、右側にいた二人の首をダークで斬る。

「「なっ……」」

二人は何が起きたのかもわからぬまま、その場で崩れ落ちた。

「お、おい！　何が——」

「はっ」

そのあと、振り返る際の回転エネルギーを利用して、後ろにいる二人の首に回し蹴りをお見舞いする。足先にはちょっと前に作った仕込みナイフが飛び出ているので、二人の首は綺麗に切断され、地面に落ちた。

「何気に足先の仕込みナイフを実戦で使ったのは初めてだな」

俺は死体をスタッフ（魔物）のところへ送りながらそう呟いた。

頑張って作った装備を全然使わない現象は、ゲームでも異世界でも変わらないようだ。

「何事だあぁ！」

二階から転がるような勢いで武装した集団が駆け下りてくる。剣士は剣先を、魔法師は杖を前方に向けている。

「……どこ行きやがったんだ……ん？　これは――」

集団の中の一人がおもむろにしゃがみ、床に付着している血痕《けっこん》に人差し指を当てる。

「まだ新しいな。しかも多い。腕が切断されたぐらいの量だ」

「ああ。しかし、誰もいない。気配もしない。不気味すぎる」

薄暗い室内で素早く血の跡を見つけ、冷静に状況分析をしているこいつらを見て、俺は想像以上に冷静だなと思った。

「まあ、誰一人生かしておくつもりはないよ」

俺はダークを抜くと、速く、正確な一振りで全員の首を斬った。

「《転移門《ゲート》》」

その後、俺は死体が床に倒れる前にスタッフ（魔物）のところに送り届ける。

「あとは地下だけだな」

地上の黒影部隊を全滅させた俺は、殺す瞬間に見たやつらの記憶を頼りに、地下室へ続く隠し階段で下へ降りた。

「おい。なんか上が騒がしくなかったか？」

ソファにどっしりと座りながら短剣の手入れをしている男性が天井を見上げ、そう言った。

「ゴロツキどもと遊んでたんじゃないですか？　スラムだから小物の犯罪者は結構いますし」

「そうっすよ。副隊長。ちょっと神経質になりすぎじゃないっすか？」

ソファの両側に立つ二人の男性が軽い口調でそう言う。

「隊長が始末されたらしいからな。嫌でも神経質になる」

副隊長と呼ばれた男性はそう言って、視線を短剣に戻した。よし。ここら辺で出るか。

「どうも。落とし前をつけにきました。お前が副隊長ってことでいいかな？」

俺は《気配隠蔽《けはいいんぺい》》を解除すると、ソファに座る男性にそう問いかけた。

「な、いつの間に……」

男性は目を見開いて、驚嘆している。

「侵入者め！」

「死ねぇ！」

すると、ソファの両側にいた二人の男性が剣を構えて突撃してきた。

「威勢いいな。まあ、無駄だけど」

芸もなく、ただ突っ込んでくるだけの相手程、対処しやすいものはない。

俺は素早くダークを抜くと、二人の首を斬った。

「がっ……」

「なっ……」

二人は目を見開いて、同時に崩れ落ちる。

「あとはお前だけだな」

剣についた血を振り払いながら、ただ茫然とこの状況を眺めている男性に剣先を向ける。

「くっ……ここは俺たちのアジト。侵入者対策をしていないわけがない。これでお前も終わりだ。さあ、惨《みじ》めったらしく命乞いでもするが――がはっ」

「いや、話している暇があったらさっさと使えよ」

俺は素早く近づくと、男性の言葉にド正論をぶちかましながら、首を斬った。

人って優位に立った途端に自分の手札を晒《さら》して相手を絶望させようとするけど、それで足をすくわれて負けるのを想像しないのだろうか。

「まあ、とりあえずこれで殲滅完了《せんめつかんりょう》だな」

俺は《転移門《ゲート》》で死体をスタッフ（魔物）のところへ送り届けると、《長距離転移《ロングワープ》》で和み亭の一室に転移した。

「ん……今から寝たら、絶対寝坊するだろうなぁ……」

ベッドにゴロリと転がった俺は天井を眺めながらそう呟く。

今の時間はわからないけれど、感覚からして大体午前の三時ぐらいだろう。

「……あ、これ使うか。《時空結界《じくうけっかい》》」

俺は自身を包むように、時間の流れが一・五倍遅くなるように調整した《時空結界《じくうけっかい》》を発動する。

「ここで寝れば丁度いいだろ」

そう言って、俺は目を閉じると、意識を手放した。

◇◇◇

「はーよく寝た」

俺は目を擦りながら上半身を起こし、《時空結界《じくうけっかい》》を解除する。

いやーこいつのお陰で寝不足にならずに済んでよかった。

「レイン。いる……かしら？」

ドアがノックされ、ニナの声が聞こえてきた。

疑問形なのは、領主館に行った俺を心配しているからだろう。

これは一秒でも早く俺の無事を知らせて安心させないとな。

「ああ。ちゃんといるぞ」

俺はベッドから出るとドアを開けた。そして、心配そうに立っているニナに笑いかけた。

「よかった。無事だったのね……」

ニナは安堵の表情を浮かべると、胸を撫で下ろした。

「クソ領主の手勢ごときにやられる程、俺は雑魚じゃないって。この街の領主とはちゃんとおはなしをしてきたよ。お陰であいつは超善良な領主にジョブチェンジ（強制）してくれたよ。あと、ついでに黒影部隊っていう裏組織を消してきた」

我ながらいい働きをしたものだなぁと思いながら、自分の功績を報告する。

「……その貴族って五体満足よね？」

ニナは恐れるような目をしながら、そう言った。

「ああ。民のために生きることを魂に刻んであげただけだよ。あいつが今後俺たちを勧誘しにくることは絶対にない。断言しよう」

俺は自信満々にそう言った。

魂に刻んだ絶対命令を破ったら異常事態だ。今後何があったとしても、あいつは善良に生き続けるだろう。

「凄い自信ね。い、一体どれほどの拷問を……あ、そういえばレインは大抵の怪我なら治せるのよね。内臓を引っ張り出したり、全身の骨を砕いたりして痛めつけたあとに、治癒してやり直すなんてことも……回復魔法が得意な人は拷問も得意ってどこかで聞いたことが……」

やっべぇ。ニナが誤解している。

このままでは俺がおぞましい拷問を平気でするサイコパスだと思われてしまう。

ニナにそんな風に思われるのはなんとしても避けなければ。

「ご、拷問はしていないよ。てか、俺は拷問なんて得意じゃないし、趣味でもないよ。俺はただ、善良に生きてもらうようにちょっと言い聞かせてあげただけだよ。だから、あいつ（今の人格）は本心から民の幸せを願ってる。これ、本当だからな。だから、そんな目で俺を見ないでくれ！」

俺は必死に説明（言い訳）をして、誤解を解こうとした。

ここで自信を持ってヤバいことをしていないと言えないのは、ゴウマーンド伯爵にやったことがそれなりに残酷なことだと、よく理解しているからだ。

でも、さっきニナが言っていたようなことはしていない。

「責めているわけじゃないわ。私は貴族を容赦なくボコるレインを尊敬しているのよ」

「そこは尊敬しちゃダメだと思うんだが……」

ニナの言葉に、俺は力のないツッコミを返した。

まあ、誤解は解けたっぽいのでよしとしよう。

「とりあえず、もう狙われる心配はないってことでいいのよね。それじゃ、さっさと朝食を食べにいきましょ」

「そうだな。行くよ。ソルト、シュガー」

「はーい！」

「わかりました」

ソルトとシュガーは元気よく返事をすると、俺の両肩に飛び乗った。

「ご主人様！　今日は魚が食べたい！」

「はいはい。わかったよ」

俺は微笑んで、ソルトの頭を優しく撫でた。

「レインー！　シュガーとソルトが可愛すぎて一日中愛《め》でていたい気持ちはわかるけど、集合時間が迫っているから早く来て！」

「あ、ああ。わかった」

我に返った俺は、階段で待つニナのもとに駆け寄った。

第四章　盗賊退治と一攫千金《いっかくせんきん》！

朝食を食べ終えた俺たちは、ムートンがいる宿へ向かった。

道行く人の多くは、周りに聞こえるような声で、とある噂話をしている。

「なあ、領主館の外壁にアホみたいについていた装飾品が取り外されたらしいぜ」

「あ、聞いた聞いた。あとは税が減るんだってな」

「贅沢《ぜいたく》好きの領主様がそんなことをするなんて。何か裏がありそうだな」

そんな噂話を耳にしたニナは、胡散臭《うさんくさ》そうに俺を見た。

「本当に説得したのね。どうやって交渉したのか本気で気になるんだけど」

「心に語りかけるように説得したんだよ」

精神に干渉して人格を変えましたなんて言えるわけがない。俺は言葉を濁《にご》して答えた。

「説得に特化したスキルでも持っているのかしら？　まあ、深くは聞かないけど」

「ありがとな……あ、ケインとガイルはもういるのか」

宿の前に二台の馬車があった。

そして、その馬車の前でムートン、ケイン、ガイルが話をしている。

御者さんが蚊帳《かや》の外にいるのを見て、俺は前世で友達がいなくて、毎日一人で図書館の番人をしていたのを思い出してしまった。う、頭が……

「あ、来た来た。これで出発できるな」

ケインは俺たちに気づくと元気よくそう言った。

「ああ。時間よりちと早いが、行くとしよう。馬車に乗り込め」

ムートンがそう言って、御者台に乗り込む。

「よし、馬車に乗ろう」

「そうね」

俺とニナもケインとガイルのあとに続くようにして馬車に乗り込む。

その後、馬車はガタゴトと音を立てながら、街の外へ向かって進み出した。

「なあ、この街の領主が突然良心的な政策を始めたらしいけど、レインは何か知らないのか？」

「……さあ？」

自分の仕業だなんて言えるわけもなく、しらばっくれた。

「ニナ。次の街にはいつ到着する予定なんだ？」

馬車に揺られながら《金属細工《きんぞくざいく》》のレベル上げをしていた俺は、誤魔化すようにニナに問いかける。

「次の街、ラダトニカまでは馬車で五日かかるわ」

ニナは膝の上に乗せたシュガーとソルトを優しく撫でながら答えた。

「五日か。隣の街までそんなにかかるものなのか？」

街から街へ移動するのに流石に五日は長すぎるのではないか？

そう思った俺は思わずニナに聞いた。

「この先には山がいくつもあって、それを越えなくちゃいけないからね。迂回《うかい》する道もあるけど、そっちだと更に時間がかかっちゃうから」

「なるほど……確かに山があるな」

馬車が進む先には緑が溢れる山がいくつも聳《そび》え立《た》っていた。

標高は八百メートル程だろうか。あれを迂回するのは確かに時間がかかりそうだ。

「まず、山の麓《ふもと》にある宿場町で一泊。そのあと、三日かけて山を越え、その先にある宿場町で一泊。そして、最後にちょっと進めばラダトニカに着くわ」

「わかった。詳しい説明ありがとな……む？」

ニナに礼を言い終えたところで、俺は妙な気配を感知した。

「レイン。どうかしたの？」

ニナは心配そうに俺の顔を覗き込む。

「五百メートル先に人の気配を感じたんだ。数は……二十三人だな。何故か全員道の両脇で止まっている……いや、隠れているのか」

俺は《気配察知《けはいさっち》》と《地形探知《エリアサーチ》》を使って、状況を正確に三人に伝えた。

「う～ん……行商人の休憩だったら隠れる必要はないし、おかしいわね。盗賊かしら」

「この辺を根城《ねじろ》にしている盗賊団がいるって冒険者ギルドで聞いたな」

「確かに行商人がよく通るこの道は盗賊には最高の狩場だよな」

ニナ、ケイン、ガイルが、この先にいる集団は盗賊だろうと予想する。

その考えに俺も異論はない。

「一応盗賊かどうかの確認をして、盗賊なら容赦なく潰そう」

俺は前方を眺めると、そう呟いた。


「あーこれはどう考えても盗賊だな」

「そうね」

「ああ、間違いねぇ」

「むしろこれが盗賊じゃないほうがおかしい」

停車した馬車から降りた俺たちは、周囲の様子を眺めながらそう言った。

何故そこまで確信が持てるのかって？　そりゃあねぇ……

「一斉に木陰から飛び出してきて剣を抜いたかと思うと、リーダーっぽいやつがゲスい笑みを浮かべている。更には『死にたくなかったら有り金全部置いていけ！』って完全にテンプレじゃん」

数人が怪我人を装って近づいてきて、不意打ちをするなど、計画的な襲撃を想定していた俺は、テンプレ百パーセントの行動に思わずため息を吐いてしまった。

「おい！　何ため息吐いてやがんだよ。見せしめに殺してやろうか？」

盗賊どもは顔を真っ赤にすると、怒鳴り声を上げた。

だが、俺はそんなものには見向きもせずに、ニナとケインとガイルと話し合う。

「盗賊は俺が殺る。三人はムートンさんと御者さんを守っててくれ」

「任せて」

「ああ。全力で守り抜く。英雄に喧嘩を売った不憫な盗賊たちを眺めながらな」

「そうだな。まあ、俺たちは見ているだけになりそうだけど」

三人は余裕ありげに頷くと、ムートンと御者の前に立った。

俺の実力を信頼しているからこそ、こう言ってくれたのだろう。

なら、その信頼に応えようじゃないか。

「そんじゃ、やるか」

俺は地面を蹴って、手始めに左側にいた盗賊どもの首を斬り落とした。

そして剣を鞘に納めるのと同時に、盗賊どもの死体が地面に倒れ、鮮血を散らす。

「嘘……だろ……」

盗賊団のリーダーは唖然とすると、足を竦ませ、一歩後ろへ下がった。

「時間をかけるつもりはないからな。さっさと終わらせるよ」

俺は馬車に目をやると、右側と後方にいる盗賊どもをまとめて《氷石化《アイスストーン》》で氷のオブジェにした。

これで残るは前方にいる一人のみ。

「あとはお前だけだな。他に仲間がいないか教えてくれ」

俺は一瞬で距離を詰めると、恐怖で動けなくなっている盗賊団のリーダーの頭に手を当てる。

「……仲間はいないか。アジトは……右側の森の中にある……洞窟《どうくつ》か」

俺は《記憶の観察者《メモリーオブザーバー》》を使って必要な情報をもらってから、リーダーの首を斬り落とした。

「ふぅ。終わったよ」

俺は振り返って、三人のところに駆け寄る。

「ありがと。それじゃ、私たちは死体の処理をするわ」

ニナはそう言うと、ケインとガイルと共に死体の処理を始めた。

「スタッフ（魔物）のところに送るほうが手っ取り早いけど……彼らに見せるわけにはいかないからな」

そう小声で呟きながら、氷のオブジェになっている死体を全て細切れにする。

「ニナ、俺はちょっとこいつらのアジトに行ってくる。走って十秒程の距離だから、サクッと片づけてくるよ」

アジトにはこいつらが貯めていたお宝があるらしいので、それらはちゃんと回収しておくとしよう。

「わかったわ。気をつけて」

俺は頷くと、《飛翔《ひしょう》》で飛んだ。そして、上空からアジトを見定め、一直線に移動した。

「……あ、あった」

九秒でアジトの洞窟に到着した俺は、その勢いのまま洞窟の中に突っ込んだ。

「おっと。危ない危ない。危うく壁にぶつかるところだった」

洞窟の壁にぶつかるギリギリのところで停止して、地面に下り立つ。

壁に激突したら、俺の顔が悲惨なことに——はならないが、ぶつかった衝撃で洞窟が崩れる可能性がある。

それでお金や装備品が埋まってしまうのは嫌だからな。

「そんじゃ、《無限収納《インベントリ》》」

洞窟の奥に山積みになっているお金や装備品を《無限収納《インベントリ》》の中に入れていく。

「よし、さっさと帰ろう」

俺は再び《飛翔《ひしょう》》で飛ぶと、馬車のところに戻った。

「ただいま。アジトの中にあったものを回収してきたぞ」

地面に下り立って、三人に報告する。

「ありがと。こっちも終わったわ」

「ああ。ニナさんが完全に焼き尽くしたからな」

ニナとケインが得意げに笑う。

「アジトの中にあったお金とか装備品はどうする？　ほとんどは盗賊が誰かから奪ったものだと思う」

日本では交番に届けるのが基本だが、この世界ではどうなのだろうか。

ふと気になって、ニナに問いかける。

「盗賊を倒して手に入れたものは、基本倒した人のものになるわ。それに、持ち主はもう盗賊に殺されていると思う。死にたくなかったら有り金を全部おいていけとあいつらは言ったけど、盗賊が誰かを逃がすメリットはないからね」

「確かにな。じゃあ、あとで戦利品の分配をしよう」

盗賊は全員俺が倒したが、その間の依頼主の護衛や、死体の処理は三人がやった。

そのため、三人にもそれ相応の戦利品を受け取る権利がある。

「わかったわ。まあ、私は大したことをしていないから、少しでいいわ」

「俺たちも同じだ」

「ああ」

三人が口々に言う。

「まあ、その辺は戦利品の量によって決めるか」

俺たちは戦利品の分配をあとにして、馬車に乗り込んだ。

そうして、馬車はガタゴトと音を立てながら進み始めた。

◇　◇　◇

昼食を食べて少し経った頃――

「見えてきたわ。あれが宿場町よ」

ニナが馬車の進行方向を指差しながら言う。

「お、本当だ」

俺は作業の手を止めて、ニナが指差す方向に視線を移す。

するとそこには、木の板を貼り合わせて作られた塀に囲まれた、街があった。

俺たちが乗る馬車はそのまま進み、簡素な造りの門の前にできている、列の最後尾につく。

少しして、俺たちの番になった。

馬車から降り、門の前にいる衛兵に冒険者カードを見せてから、街の中に入る。

「本当に宿ばかりだな」

街の中にある建物の大半は同じような外観の宿だった。残りの建物は飲食店や装備品店で、普通の家は見当たらない。

「この街の宿は全て領主のギルス男爵《だんしゃく》が運営しているの。かなりの人格者で、ここの宿の評判は凄くいいわよ」

「そうか。それならのんびりできそうだ」

俺は安心して息を吐いた。

ウェルドで腐敗貴族とやり合ったせいで、のんびりが不足していた俺は、この街ではゆっくり過ごそうと心に決めた。

「明日の朝九時に七の宿に集合してくれ。そんじゃ、また明日」

ムートンは御者台の上からそう言い残して、去っていった。

「そんじゃ、宿の部屋を取りにいこう」

「そうね。行きましょ」

俺とニナ、ケイン、ガイルは部屋を確保するために、近くの宿に入る。

「お客様。一泊一部屋銀貨四枚になります」

中に入ると、さわやか系の男性従業員が礼儀正しく接客をしてくれた。

「一部屋頼む」

男性従業員に銀貨四枚を渡す。

他の三人も、俺と同じように銀貨四枚を取り出すと、男性従業員に手渡した。

「ありがとうございます。こちらが部屋の鍵でございます」

男性従業員は銀貨十六枚が入った革袋を受付にしまうと、受付から鍵を四つ取り出して、それぞれ手渡した。

「それではごゆっくり」

男性従業員はそう言って、頭を下げる。

「宿は取ったし、俺はのんびりしてくるよ」

俺は両肩に乗るシュガーとソルトを撫でて、もふもふを堪能しながらそう言った。

「私は散歩でもしようかしら」

「俺たちはギルドに行って、酒でも飲むか」

「そうだな。午後の一杯は最高だぜ！」

ニナ、ガイル、ケインが口々に言う。

こうして俺たちはここで一旦解散することになった。

「街の外にでも行こうかな」

俺は頭を掻きながら、呟いた。

『む？　のんびり剣の修業でもするのか？　よし。それなら久々にわしが相手を――』

「やらないよ。剣術修業は夜のレベル上げの合間に思う存分やるって」

ダークの提案を一蹴《いっしゅう》した俺は、誰にも見られないように《気配隠蔽《けはいいんぺい》》で気配を完全に消してから、《長距離転移《ロングワープ》》で街の外に広がる草原に転移した。

「よし。シュガー、ソルト。休むから例のやつを頼む」

俺はソルトとシュガーの首輪を外しながらそう言った。

「わかったー！」

「了解です！　マスター！」

二匹は元気よく返事をすると、元の大きさに戻った。そして、地面に寝転がる。

「これだよこれ～」

弾むような声でそう言うと、シュガーの腹を枕にして、俺も寝転がった。

そしてソルトで、更にもふもふを堪能する。

「ふっふっふ。完璧な布陣だ」

俺はニヤリと笑った。

正面には果てしなく広がる青空。

頭には、妖艶な雰囲気を醸《かも》し出《だ》す癒しの極み、シュガー。右にはいつでもどこでも元気いっぱいの癒しの極み、ソルト。

左には一に剣術、二に剣術、三、四がなくて五に剣術。剣術をこよなく愛する鬼教官、ダーク。

これほど完璧（？）な布陣を作れるのはこの広い世界でも俺だけだろう。

「ふあぁ……眠くなってきた……」

太陽の光でぽかぽかと温まる。春風が心地よさを倍増させる。そこに、もふもふ。

気がつくと、俺は最高の環境ですやすやと寝息を立てていた。


「ううん……」

少し冷たくなった風を受けて、俺は目を覚ました。

上半身を起こして、目を擦りながら周囲を見回す。

「……夜じゃん」

既に日は沈んでおり、月明かりが野原を照らしている。

「昼寝にしては随分長かったのう。まあ、時間に疎《うと》くなるのは、わしらのようなジジイの宿命じゃ」

ダークはやれやれというように、そう言った。

「おいこら。なんでわしらなんだよ。昼寝で寝すぎることなんて、年齢関係ないだろ？　あと、俺はまだピチピチの九百八十七歳だ！　四千年以上生きてるお前と一括《ひとくく》りにされるのは、なんか納得がいかない」

俺は乱暴な口調でそう言うと、よっこらせと立ち上がった。

本当にひどい話だよな。俺のどこがジジイなんだよ。

半神界では、まだ高校生ぐらいなんじゃないのか？

まあ、この世界に半神は俺一人しかいないからよくわからんけど。

「ピチピチの九百八十七歳……ぶふっ」

こらえていたダークが盛大に吹き出した。

「笑うなよ……ったく」

俺はため息を吐く。

「そんじゃ、帰るよ。シュガー、ソルト。小さくなってくれ」

「はーい！」

「わかりました」

俺とダークが口論している間に、しれっと目を覚ましていた二匹は元気よく頷くと、シュルシュルシュル～と小さくなった。

「よし。《長距離転移《ロングワープ》》」

二匹を両肩に乗せ、念のため《気配隠蔽《けはいいんぺい》》で気配を消して宿に転移した。

「よっと……って、賑《にぎ》やかだな」

宿に転移した俺は、一階の食堂を見て、目を見開いた。

時計の針は二十三時半を指している。

それなのに、冒険者たちが酒を飲んで騒いでいる。

宿の壁には《防音《ぼうおん》》の特殊効果が付与されているので、この騒ぎも迷惑にならない。

だが、ここにいるやつらの大半は行商人の護衛依頼を受けている。

そのため、ここで深夜まで騒いだら、寝坊して行商人に迷惑をかけてしまうのではないだろうか。

「まあ……俺は知ーらね」

それで怒られて給料減らされても、知ったこっちゃない。自業自得だ。

というのは建前で、本音を言うと、余計なことに首を突っ込む時間があったら、作業と剣術に時間を費やしたい。

「行くか」

俺はわいわいがやがや、どんちゃん騒ぎしている冒険者たちを尻目《しりめ》に、二階に向かった。鍵に書かれている番号の部屋のドアを開けて中に入ると、鍵を閉める。

「わふ～、ごろごろ～」

ソルトは一番乗りでベッドダイブを決めると、ベッドの上で転がった。

「いつになったらソルトは大人になるのかしら……」

右肩に乗るシュガーがぼそりとそう呟く。

「確かにソルトってずっと子供っぽいよな～。俺もそうだけど、不老になると、精神年齢は途中で止まるのかな？」

俺は無邪気に転がるソルトを眺めながらそう言った。

「そうですね。言われてみれば……」

シュガーは俺の意見に頷くと、むむむ……と唸った。

「ふむ。わしは老いたと感じることがあったが、お主らにはそれがないのか。まあ、半神とその眷《けん》属《ぞく》じゃ。そんな唯一無二の組み合わせのことなんて、わしにはよくわからんよ」

ダークはお手上げとでも言いたげな口調で、そう言った。

「まあ、どんな風になっても、俺たちが俺たちであることは変わらない。そんじゃ、さっさと作業と剣術修業に移るか」

俺はシュガーをベッドの上に乗せると、部屋の中央で《時空結界《じくうけっかい》》を展開した。

設定はいつも通りだ。

「よし、やろう」

そう呟いて、床にアダマンタイトと石を置く。

そして、俺は床に座ると、《金属細工《きんぞくざいく》》と《岩石細工《がんせきざいく》》を使い始めた。

「剣術はちゃんとやるのじゃぞ！　一日二時間じゃ足りぬ。全然上達せぬ。現状維持だけじゃ！

ひとまず、お主は一日五時間やれ！　そうしないと上達せぬぞ！　わかったかー！」

ダークは剣術について熱く語った。

ダークにしては短かったが、今日も熱意はこもっている。

「はいはい。頑張りますよ。だから落ち着けって」

俺はダークを落ち着かせながら、作業に没頭し続けた。

『《岩石細工《がんせきざいく》》のレベルが9になりました』

『《岩石細工《がんせきざいく》》のレベルが10になりました』

『《金属細工《きんぞくざいく》》のレベルが9になりました』

『《金属細工《きんぞくざいく》》のレベルが10になりました』


「……ん？　もう朝なのか。そろそろ、終わりにするか」

窓から差し込む陽光を見た俺は、ダークを鞘にしまうと、《時空結界《じくうけっかい》》を解除した。

「うむ。百点満点中八十点だったのが、八十一点になったかのう」

「相変わらず厳しいな」

ダークの辛口評価に、俺は苦笑いで返した。

「んーと……あ、何気に年齢が四桁《よんけた》になった」

何気なくステータスを確認してみると、いつの間にか俺は千六十歳になっていた。

でも、年を取った自覚はない。作業厨《さぎょうちゅう》モードに入ったら、五十年を一瞬だと思うぐらい時間の感覚がバグってしまった……

コンコン。

「レイン。ご飯食べにいこう」

目を覚ましたシュガーとソルトをもふもふしていたら、ニナが部屋の前に来た。

「わかった。今行く」

俺はよっこらせと立ち上がると、シュガーとソルトを両肩に乗せて扉を開けた。

「お待たせ」

「さぁ、行きましょう」

俺たちはそのまま階段を下り、一階にある食堂の席に座った。

そして、各々メニュー表を見て、何を頼むか考える。

「ん……塩味のミノタウロスの串焼き三本にするか」

「オークの串焼きが食べたーい！　美味しいタレがかかってるやつ！」

「私はマスターと同じ塩味のミノタウロスの串焼きがいいです」

運動後ということで塩気が欲しかった俺は、塩味のミノタウロスの串焼きを選んだ。

ソルトは好物の濃いめのタレがかかったオークの串焼き。シュガーは俺と同じものを選んだ。

「私は塩おにぎりと肉だし汁にしようかしら」

ニナが朝食を決めたタイミングで、店員を呼んで注文をして、金を払う。

数分後、店員が食事を持ってきてくれた。俺は串焼きを早速頬張る。

「……美味いな」

ティリオスに来て、初めて塩味の串焼きを口にした俺は一言そう呟いた。

前世では、串焼きはタレのほうが好きだったのだが、あっさりとしたものが食べたい時は、塩味のほうが美味しく感じる。

シュガーとソルトも、皿の上に載っている串焼きを上機嫌に頬張っている。

「可愛い！」

そして、その様子を見たニナは目を輝かせていた。

◇　◇　◇

「ムートンさん。おはようございます」

朝食を食べ終え、ケインとガイルの二人と合流した俺たちは、七番の宿の前で出発の準備をしているムートンに挨拶をする。

「おう！　みんな揃ったみたいだな。ただ、出発はちょっと待ってくれ。馬車の車輪が壊れっちまってな」

ムートンは右側の前輪をいじりながらそう言った。よく見ると、右側の前輪が少し欠けてしまっている。大きく欠けているわけではないが、かといって、無視できるものでもない。

「よっと。グッと」

ムートンは粘土を取り出し、欠けた部分に押し当てて埋めている。

「よし。あとは、《錬金術《れんきんじゅつ》》」

ムートンが《錬金術《れんきんじゅつ》》で木材の車輪と粘土を簡易的に接合した。

「なるほど……」

自分が知らなかった新たな《錬金術《れんきんじゅつ》》の使い方を見て、俺は思わずそう呟いた。

てか、何気にムートンも錬金術師だったんだ……

「これでよし。そんじゃ、馬車に乗ってくれ」

「わかった」

俺はムートンの言葉に頷くと、馬車に乗り込んだ。

その後、馬車はガタゴトと音を立てて揺れながら、宿場町を出て、山地に入った。

あまり舗装《ほそう》されておらず、でこぼことしている道を馬車で進む。

道の両側は木が生《お》い茂《しげ》っており、いつ魔物が出てきてもおかしくない。

「……ツラい……」

俺はやつれた顔でそう呟いた。

ただでさえ嫌いな馬車に揺れが加わったことで、今の俺の不快度はかなり高い。

シュガーとソルトの癒しパワーがなければ、今頃馬車の外を走っていただろう。

「レインは相変わらず馬車が嫌いね。そんなにつらいなら、外を走ればいいじゃない」

「いや、それだとなんか負けた気がする」

「何よその意地」

ニナが俺の言葉にため息を吐く。

誰だって理由はなくとも、『なんか負けたくねぇ！』って時があるだろ？

俺は圧倒的なステータスと経験によって、苦手なものが数える程しかないから、余計にそう思うのかもしれない。

「馬車が苦手なのは、レインみたいな高ランク冒険者には致命的だよ」

「そうそう。高ランク冒険者になると、依頼人の商人や貴族の馬車に同乗して護衛するなんてことも普通にあるからな」

ケインとガイルが口を揃えてそう言った。どうやら馬車が苦手なのは俺が想像している以上に問題なようだ。

「が、頑張るか」

俺はより一層シュガーとソルトをもふもふしながらそう言った。


「だ、大分慣れてきたかな……」

不快感はまだまだあるが、シュガーとソルトという精神安定剤がいなくても乗り続けられるぐらいには、山地の馬車に体を慣らすことができた。

「大分ねぇ……その割にはめちゃくちゃ辛そうだけど」

ニナから、何強がってんのよって感じの視線が飛んでくる。

強がっては……ないな。うん。一応慣れてはきたからね。俺は嘘は吐かない……吐かない。

「慣れてきてはいる。だから大丈夫だ。それよりも周囲の警戒をしないと……あ、ほら。こっちに向かってくる魔物の気配を感じるよ」

俺は露骨《ろこつ》に話題を変えると、《気配察知《けはいさっち》》で魔物を見つけ、その方向を指差した。

「すっごい露骨に話題を変えたわね……まあいいわ。それで、どんな感じの魔物が何体いるの？」

ニナはため息を吐きつつも、そう言った。ケインとガイルも、それは流石に露骨すぎるぞ……という目で見てくる。なんかつらい。この空気。

「……はい。えっと……はい。数は六で、狼型の魔物だな」

俺は若干の気まずさを感じながら、魔物の詳細を報告した。

「狼型ね。そうなると、フォレストウルフかロックウルフかしら？　あ、この辺だとサンダーウルフもいるわね」

ニナは圧倒的な知識で、どの魔物かを予想していた。

「なるほどな。フォレストとロックは俺たちでもやれるが、サンダーは無理だ。平均レベルも高いし、やつらの速さは俺たちと相性が悪い。十秒耐えられたら万々歳だ」

ケインはお手上げとでも言いたげな顔でそう言った。

だが、そこに焦りや恐怖の感情はない。何故って、俺とニナがいるからだ。

「魔力を感知すればわかるかな……」

俺は《魔力探知《マジックサーチ》》を使ってやつらの魔力を探り、どの属性の魔法を使うのか調べる。

「これは……六匹みんな雷《かみなり》だな」

体外へ放出している魔力の流れ方で、俺はやつらが雷属性の魔法を使うと判断した。

「嘘だろぉ……俺たち、肉壁ぐらいにしかならないんじゃないか？」

「サンダーウルフってこの山地の奥地に棲んでいるはずだろ。なんで遭遇すんだよぉ……」

二人は近づいてくる魔物がサンダーウルフだとわかった途端、震え出した。

どうやらさっきまでの余裕は、本当に遭遇するわけないだろうと思っていたからのようだ。

「はいはい。あんたたちは肉壁になって二人を守りなさい」

「ニナ、意外と辛辣《しんらつ》だな」

俺はニナの発言を聞いて、ちょっと引いた。

まあ、俺たちが負けるわけがないと、わかっているからなんだろうけどね。

「ん～と。そろそろ来るな。すみませーん！　馬車止めてくださーい！　魔物が来るんでー！」

俺は大声で叫ぶと、馬車から飛び下りた。

俺のあとに続いて、ニナ、ケイン、ガイルも馬車から飛び下りる。

「そんじゃ、いつも通りサクッとやるか」

俺は剣（ダーク）を抜くと、そう言った。

その直後、森から電気をバチバチと発生させている狼が六匹出てきた。

初めて見る魔物なので、一応《鑑定《かんてい》》を使っておくとしよう。


【？？？】
・年齢：27歳　・性別：女
・種族：サンダーウルフ　・レベル：231
・状態：健康

（身体能力）
・体力：２０１００／２０１００　・魔力：２１３００／２１３００
・攻撃：１７１００　・防護：１４２００　・俊敏：２３１００

（魔法）
・火属性：レベル10

（アクティブスキル）
・雷衣《らいい》：レベル４

「よし。やるか」

俺は一言そう呟くと、ダークを一振りして、ゆっくりと鞘に納める。

直後、六匹のサンダーウルフは鮮血を散らして地面に倒れた。

◇　◇　◇

サンダーウルフの死骸処理を終えた俺たちは、再び馬車に揺られていた。

日はだいぶ沈みかけており、そろそろ明かりが欲しくなってくる頃だ。

程なくして、馬車は道の両側にある休憩用のスペースに停車した。

「よし！　今日はここで寝るとしよう。みんな！　降りてくれ」

ムートンは御者台から降りると、元気よくそう言った。

「ふぅ。やっと足を伸ばせるわ……って、レイン。着いたわよ……あれ？　レイン。レイン。レイン！」

ニナが俺の名前を叫び、肩を揺らす。

「……は！　つ、着いたのか……」

俺はようやく我に返り、馬車から飛び下りた。

「レイン、大丈夫？」

ニナが心配そうに俺のことを見つめる。

「ああ、大丈夫だ。心を無にして、馬車の不快感を忘れるようにしていただけだよ」

体を伸ばしながら、そう答える。

サンダーウルフを倒したあと、俺はずっと剣術モードに入っていた。

この状態の俺は反射的に体を動かせるようにするために、思考を完全に放棄している。

そのため、馬車による不快さを全く感じないというわけだ。

まあ、デメリットとして、何かが体に触れた場合、それを攻撃と判断して、相手がレベル２００以下なら、確定で即死する剣技を披露してしまうのだ。

そのため、何気にさっきのニナの起こし方は結構危なかった。

うーん。次からは自分で正気に戻れるようにしないとな。

ただなぁ……三十分ぐらいならともかく、数時間もあの状態になっていたら、自分で正気に戻るのは難しいんだよなぁ……

よし。次からは三十分おきに正気に戻って、完全な剣術モードにならないようにしないとな。

「そう。わかったわ。それじゃあ、夜営の準備をしましょ」

「そうだな」

俺たちは夜営の準備を始めた。


「あーやっぱり自然は落ち着くなぁ……」

地面に敷いた革のシートの上で足を伸ばしながら、月を眺めていた俺は思わずそう呟く。

宿も快適で好きだが、一番落ち着くのはやっぱり大自然の中だ。

まるで『実家のような安心感』だな。

まあ、長い間大自然の中で過ごしてきたからなんだろうけど。

「あーそうだ。ちょっと遅れたが、昨日の盗賊討伐の戦利品を確認しておいたぞ」

危ない危ない。危うく伝え忘れるところだった。

「ありがとう。それで、どんな感じだった？」

「ああ。革の防具が二十一セット。鉄の剣が十本。鉄の槍が十四本。鉄の斧《おの》が八本。鉄の防具が九セット。魔鉄鋼《まてっこう》の剣が二本。魔鉄鋼の防具が一セット。装備品はこんな感じだったな。それで、金のほうは、小銅貨が二百八十一枚。銅貨が百九十二枚。小銀貨が七十一枚。銀貨が十五枚。小金貨が二枚だった。あとは壊れた装備品や手枷足枷《てかせあしかせ》、物騒な拷問器具なんかがあった」

俺は戦利品をみんなに詳しく説明した。

これ、小銅貨の枚数を調べるの大変だったんだよな。

本当にその枚数であっているのか不安になって、三、四回程数え直した。

あとはあれだな。趣味の悪い拷問器具なんかはマジで見るに堪《た》えなかった。

多くの人間の血痕が付着していたから、なおさらだ。

「なるほどな。ただ、欲しいのは正直言って金だけだな」

「そうだな」

「ええ。持ちやすいし」

予想通り、みんな金を選んだ。まあ、当然っちゃ当然だよな。

装備品はかさばるから持ちたくない。拷問器具と手枷足枷は論外。そうなると、残っているのは金しかない。

「死体処理の功績で銅貨二十枚程もらおうかしら」

「じゃあ俺も銅貨二十枚」

「それなら俺も二十枚……だな」

まずニナがもらう額を決め、その意見に賛同するようにして、ケインとガイルも額を決めた。

ケインとガイルはもっと欲しそうな雰囲気を出していたが、ニナより上の額を言う程図太くはないようだ。

「わかった。じゃあ渡すぞ」

俺は《無限収納《インベントリ》》から銅貨を六十枚取り出すと、三人に二十枚ずつ分け与えた。

「それじゃ、見張りは前と同じ順番で。俺はさっさと寝る」

《時空結界《じくうけっかい》》の影響でみんなよりも早めに起きていたせいで、若干寝不足気味だった俺は《魔法攻《まほうこう》撃耐性結界《げきたいせいけっかい》》と《物理攻撃耐性結界《ぶつりこうげきたいせいけっかい》》を展開すると、そのまま横になった。

『おーい！　剣術修業はしないのかー！』

ダークの叫び声が脳内に響き渡る。ちょっと――いや、めっちゃうるさい。

『静かにしてくれ。悪いが、剣術は見張りの時にするよ。今は眠い』

『じゃが、あやつらの前では《時空結界《じくうけっかい》》は使わんのじゃろう？　更なる成長をするのに、見張りの時間だけでは足りぬ』

『大丈夫だ。バレないように展開するから。つーか、別にニナたちに見られても問題ないと思えてきた。大勢に見られたら色々と面倒くさいことになるけど、信用できる人なら、秘密にしとけって念を押せば大丈夫だ』

『ふむ……変わったのぅ。ちょっと前までは、あのニナという女のことすら全然信用できず、記憶を消していたじゃろう？　どんな心変わりがあったんじゃ？』

ダークが興味深そうに言った。

『そうだな。俺は単に信用に信用で応えようと思っただけだよ。ニナも、ケインも、ガイルも、悪いやつではない。そして、俺のことを信用してくれている。少し人間と共に暮らすだけで、こんなにも考え方って変わるものなんだな』

俺は念話でそう言うと、目を閉じた。

『人との交流を楽しんでいるようで何よりじゃ』

『ああ。それに、もし面倒くさいことになっても、俺が魔法の力でなんとかすればいいしな。苦労しそうだが、不可能ってことはないはずだ』

俺はニヤリと笑って、意識を手放した。

第五章　作業厨の性《さが》で《世界創造《ワールドクリエイト》》しちゃいました！

「ふぅ。いい運動した」

「まあ、今日はこれくらいで勘弁してやろう」

見張りの番になってからすぐに展開した《時空結界《じくうけっかい》》の中で三時間の睡眠と五時間の剣術の修業をした俺は、剣（ダーク）を鞘に納めると、その場に座り込んだ。

「あとは寝ない程度に、のんびりしながら見張りに徹しようかな」

俺は軽く息を吐くと、《時空結界《じくうけっかい》》を解除した。

「う～ん……残りのスキルのレベル上げはあまり気が進まないんだよなぁ……」

ステータスを眺めながらそう呟いた。

現在、スキルレベルが10に到達していないのは、《精神強化《せいしんきょうか》》《物理攻撃耐性《ぶつりこうげきたいせい》》《魔法攻撃耐性《まほうこうげきたいせい》》《状態異常耐性《じょうたいいじょうたいせい》》の四つだ。これらのスキルレベルを上げるにはどうしたらいいのか。

勘のいい人ならすぐにわかるだろう。

「自分で精神をボロボロにし、自分で自分を攻撃する。今のスキルレベルから考えるに、合計で百五十年はかかるんじゃないか？」

考えるだけでも嫌になる。

レベルが10000の俺でも、腕を切断されれば当然痛い。

毒で体を蝕《むしば》まれれば苦しいし、無理をしたら二度と正気に戻れないレベルの精神崩壊を起こす可能性だってある。

まあ、それでもレベル10000の耐性と、それぞれのスキルの恩恵によって、常人に比べると負担はかなり軽減されるんだけどね。

「ただ、レベルが10じゃないのめっちゃ気になるんだよなぁ……それに、このスキルは結構有用だしなぁ……」

俺は腕を組みながら唸った。

痛いのは嫌だ。だが、どうせならスキル全てをレベル10にしたい。

「……うん。今こそ覚悟を決める時だ」

ぎゅっと拳を握りしめ、再び《時空結界《じくうけっかい》》を展開した。設定はいつものだ。

「無理せず確実にやるか」

俺はそう呟くと、左腕に右手をかざした。

『《魔法攻撃耐性《まほうこうげきたいせい》》のレベルが6になりました』

『《魔法攻撃耐性《まほうこうげきたいせい》》のレベルが7になりました』

『《魔法攻撃耐性《まほうこうげきたいせい》》のレベルが8になりました』

「……あ、やべ」

《時空結界《じくうけっかい》》の外を見た俺は思わずそう呟いた。

「見張りの交代するの忘れてた。もう朝なのに……」

もう空は青白く光っている。今から見張りの交代なんてできるわけがない。

「ま、まあ。悪いことをしたわけじゃないし。てか、代わりに見張りをしたんだから、感謝されるという線も普通にある。いや、でも結界を展開して放置していただけだしな……」

《時空結界《じくうけっかい》》を解除した俺は、このことをみんなにどう説明するか考えた。

その時、視界の端でニナの瞼《まぶた》がぴくぴくと動いた。

「ううん……」

ニナは上半身を起こし、目を擦りながら周囲を見回す。

そして、俺と視線が合った。

「……あれ？　なんでガイルが寝てて、レインが起きているの？」

ニナは目を擦りながらそう言った。

流石Aランク冒険者。気づくのが早いな。

そんなことはどうでもよくて……今はニナの言葉になんと返すか考えなくてはならない。

うん。ここはやっぱり素直に白状したほうがいいな。

「いやぁ……実は見張りのついでにスキルのレベル上げをしていたんだが、つい没頭してしまって、気づいたら朝になっていたんだ」

俺は頭を掻きながらそう答えた。

「そうなんだ……ありがと。理由はどうあれ、長く見張りをしてくれて」

寝起きということもあり、少しゆっくりとした口調でニナは礼を言った。

「まあ、没頭しすぎていただけなんだけどな」

「ふふっ。それでもありがと。でも、そんなに起きていたら寝不足なんじゃない？　大丈夫？」

ニナが心配そうに言う。

「いや、大丈夫だ。眠気はない」

だって少し前まで《時空結界《じくうけっかい》》の中で寝てたもん。

……まあ、感謝されたんでよしとしよう。

あと、次からはちゃんと結界の外のことも確認するようにしないとな。

外で時間をちゃんと確認して、同じやらかしをしないように気をつけないと。

「ま、ひとまずご飯にするか」

「そうね」

こうして俺とニナは他のみんなよりも一足早く朝食を食べ始めた。


「よし。みんな！　馬車に乗り込んだか！」

「「「はい」」」

ムートンの元気な声に、俺たちは一斉に返事をした。

「それじゃ、行こう！」

御者台に乗るムートンは馬に鞭《むち》を打って、馬車を動かす。

そのあとに続いて、俺たちが乗る馬車も動き出す。

「そんじゃ、無意識になりすぎないように頑張ろう」

木々の隙間から差し込む朝日を浴びながら、俺はそう決意した。

「よし。前のように――」

「レイン」

「ん？　なんだ？」

山道の馬車の不快さを感じないようにするべく心を無にしようとした瞬間、ニナが話しかけてきた。

「あのさ。馬車が嫌ならみんなで雑談しない？　そっちのほうが楽しく馬車の辛さを忘れることができると思うよ！」

ニナは熱心に雑談に誘ってきた。まるで自分が好きなことを他人に布教するような熱心さだ。

そんなニナの姿が、前世で配信を通してゲームを布教していた俺の姿と重なる――

「……それは構わんが、なんかやけに押しが強いな。何かあったのか？」

クラス一陽キャな主人公系女子たるニナとはいえ、ここまで押しが強いのは少し不自然だ。

ニナは自分の意見を結構言うタイプだが、決してそれを他人に押し付けようとしないからな。

そう思った俺は、ニナにそう聞いてみた。

「あーそれはね。心を無にしている時のレインが、精神的に追い詰められて今にも死にそうになっている人にしか見えなくて、見ていられなかったのよ。目なんて完全に死んでたわよ！　感情が感じられなかったし……オブラートに包まずに言うと、怖い」

「あ、はい。すみません」

おぞましいものを見たというように顔を歪めるニナに、俺は思わず頭を下げた。

てか、俺ってそんなにヤバい顔してたのか？　心を無にしていただけだぞ？

そう思った俺はケインとガイルを見た。

「あー、うん。頑張ってるっていうのはよく伝わったぞ」

「ああ。レインは結構美形だからな。変な顔には見えなかったぞ。だから安心しろ」

二人は目を泳がせながらそう言った。

うん。やめてくれ。苦し紛《まぎ》れ《くる》のフォローは心にくる。

気持ちは嬉しいんだよ。気持ちはありがたく受け取っておくからね……うん。

「……よし。雑談するか！」

なんやかんやありつつも、俺たちは楽しく雑談を始めた。

「あのさー、レインの両親ってどんな感じの人なの？」

ケインが早速質問をしてきた。

「確かに気になるわね。あれほどの強さを持つレインを育て上げた人なんだから、私の予想は父母二人ともAランク冒険者ね」

「いや、違う。そもそも俺の両親は冒険者ではないんだ」

だって地球には冒険者ギルドっていう組織は存在しなかったんだもん……とは口にしない。

「俺の父さんはな。めっちゃ怖かったんだよ。怒鳴り声で心臓が止まるかと思うぐらい……」

前世の記憶を思い出しながら語る。

特に家出をした時や、テストで悪い点を取った時は本当に怖かった。

恐怖のあまり、ぶっ倒れるかと思ったのは今でもよく覚えている。

全面的に俺が悪いから反論の余地もないし……

「ただ、普通の親なら絶対に反対するようなことに手を出しても、本気なら応援してくれたな」

家を出た俺は程なくして、親に内緒で、フリーターとして日銭《ひぜに》を稼ぎながらゲームの動画を投稿するようになった。

まだ有名ではない時に、突然アパートに来た父さんにバレた際は、半殺しにされるかと覚悟した。

だけど、俺の話を聞いた父さんは「五年経っても成功しなかったら俺のところに来い。それまではその決意を絶やすな」と言い残して、帰っていったんだ。

まあ、裏を返せば『五年間は絶対に手助けをしない。死にたくなかったら、死ぬ気で成功させろ』ってことなんだけどね。

そう思うと、やっぱり怖いなって思う。でも、何度怒られても懲《こ》りない俺も大概だよな。

今思うと昔の俺って結構悪ガキだったのかも。

次からはやらないようにしようとは、考えていなかった。

「で、俺の母さんはしつこ――いや、何事も絶対に諦めず、どんな手段をもってしても、成功させようと奮闘する人だな」

俺が家出するレベルで苦手な食べ物であるキノコを、なんとしても食べさせるために、母さんはかなり奮闘した。

俺の大好物の刺身《さしみ》のお供であるわさびに刻んだキノコを入れたり、カレーの中に転がっているジャガイモの中に刻んだキノコを入れたり、執念が凄い。

挙句の果てには、何時間もかけてキノコを別の食べ物に見えるように手の込んだ調理までした。

それで、俺はいつそのキノコたちに気づいたかって？　食べた直後だよ！

料理のどれか一品にキノコが紛れ込んでいるとわかっているのに、口に入れるまで気づけない。

俺はそのせいでキノコに対するトラウマが更にひどくなったんだぞ！

「あ～、思い出すだけでも恐ろしいな……」

俺は思わずそう呟いた。話を聞いていた三人はどこか納得した顔で頷いていた。

「流石レインの両親だな。お前にそこまで言わせるなんて。父には毎日ボロボロになるまで剣術の修業をさせられていたのか？」

「恐怖と優しさを持ち合わせた父と、粘り強く手段を選ばない母。確かにレインは二人の子だな」

「うんうん。納得って感じ」

「おい。どうしてそうなるんだよ」

俺は三人が口々に言うのを聞いて、納得いかないと突っ込んだ。

その後も雑談しながら進み、再び夜営し、そして進む。

道中何度か魔物が襲いかかってきたが、危なげなく撃破している。

そして、ウェルドを出て四日目。

遂に俺たちは次の宿場町に到着することができた。

日の傾き加減から考えるに、今の時刻は午後三時前後だろう。

衛兵に冒険者カードを見せ、宿場町に入った俺たちはムートンと別れると、速攻で宿の部屋を取った。

三人は野営の疲れを癒すために、これから冒険者ギルドの酒場に行くそうだ。

あそこで飲んだら騒がしくて、逆に疲れると思ってしまうのは俺だけだろうか。

三人から酒場で飲む誘いを受けたが、やりたいこと――いや、やらなくてはならないことがあった俺は、宿の部屋で休むと言って断った。

「……よし。明日の朝まで全力でスキルのレベルを上げよう」

三人の後ろ姿を見ながらそう呟き、足早に宿の部屋の中に入った。

そして、シュガーとソルトをベッドの上に乗せると、部屋の中央で《時空結界《じくうけっかい》》を展開する。

「よし。まずは《魔法攻撃耐性《まほうこうげきたいせい》》のレベルを10にするか」

昨日の夜営で《魔法攻撃耐性《まほうこうげきたいせい》》はレベル9に上がっていた。

あと、追加で《精神強化《せいしんきょうか》》もレベル9に上がっていた。

自分で自分に攻撃魔法を撃ち続けるのはそこそこ精神に来るため、当然と言えば当然だな。

「では、やるか」

俺は左腕に右手をかざすと、魔法を放った。

『《魔法攻撃耐性《まほうこうげきたいせい》》のレベルが10になりました』


「ふぅ。一つ終わった」

俺は息を吐くと、そう呟いた。

《魔法攻撃耐性《まほうこうげきたいせい》》は昨晩の夜営でかなり上げていたこともあってか、十年ちょいでレベル10にすることができた。

うんうん。いいペースだ。この調子なら、朝が来る頃に終わることができるだろう。

「よし。次は残り三つを同時に上げるぞ」

《毒霧《ポイズンミスト》》を体内で常時発生させながら自分の体を切り続ければ、効率よくレベルを上げることができる。《精神強化《せいしんきょうか》》も、この状態が何十年と続けば流石にレベル10になるだろう。

「で、俺を切る剣は……うん。これにするか」

ダークから無言の圧を感じた俺は、《無限収納《インベントリ》》からかなり性能のいい剣を取り出した。

「よし。《毒霧《ポイズンミスト》》。ぐ……つれぇ……《解毒《キュア》》」

体の内側から溶かされるような激痛だ……いや、実際に溶かされているんだったな。

しかし、これ以上弱くしたらレベル8の《状態異常耐性《じょうたいいじょうたいせい》》とレベル10の《魔法攻撃耐性《まほうこうげきたいせい》》の影響でノーダメージになってしまう。それではダメだ。

今のような、軽い《解毒《キュア》》でギリギリ相殺できる程度の毒が一番効率がいいのだ。

「よし。やるか！」

俺は気合を入れると、腕に剣を突き刺した。


『《状態異常耐性《じょうたいいじょうたいせい》》がレベル9になりました』

『《物理攻撃耐性《ぶつりこうげきたいせい》》がレベル9になりました』

『《状態異常耐性《じょうたいいじょうたいせい》》がレベル10になりました』

『《精神強化《せいしんきょうか》》がレベル10になりました』

…………

『《物理攻撃耐性《ぶつりこうげきたいせい》》がレベル10になりました』


「よし。終わったぁ！」

脳内にその言葉が響き渡った瞬間、俺は喜びの声を上げると、仰向けに床に寝転がった。

やっと終わった。百五十三年間をこんなに長く感じるのは生まれて初めてだ。本当に頑張った。

結構精神がやられたよ。でも、やり切ったんだ。

「ふぅ。丁度日の出みたいだし、結界を解こう」

窓から差し込む日差しを見た俺は、《時空結界《じくうけっかい》》を解除した。

『時空属性のレベルがＭＡＸになりました』

「……は？」

脳内に突然響き渡った言葉に、俺は呆《ほう》けてしまった。

なんだって？　時空属性のレベルが10からＭＡＸになったって？

なるほど……

「……レベル10が上限ではなかったんだな」

冷静さを取り戻した俺は、そのことに静かに驚き、目を見開いた。

レベル10になって以降、数百年間、全く上がる気配がなかったスキルと魔法の中で、時空属性の魔法は最も使っていた。それがレベル10からＭＡＸに上がった。本当に突然の出来事だ。

「……また新たな目標ができてしまった」

俺はレベル10で終わりではなかったことに歓喜した。

新たに増えた特大級の作業。これはやるしかない。

「レベル上げはまだまだ続くようだ」

ニヤリと笑ってそう呟く。

「それで、時空属性は……ほう。流石はレベルＭＡＸだな」

レベルＭＡＸでできるようになったこと。

それは――

「《世界創造《ワールドクリエイト》》か。《亜空間《スペーショナル》》と《時空結界《じくうけっかい》》をくっつけたやつの、超強化版って感じだな」

ちなみに、《亜空間《スペーショナル》》というのは、《収納《ボックス》》の中の時間の流れを自由に設定できるようにした魔法だ。

「《世界創造《ワールドクリエイト》》。考えれば考える程凄いな。世界を一つ作れるんだもんな。時間の流れ方も自由に設定できるから、いつもの《時空結界《じくうけっかい》》みたいな使い方ができる。しかも、世界を作る時にはとんでもない量の魔力を必要とするが、世界を維持するのに必要な魔力はめちゃくちゃ少なくて済む」

これはもう作るしかない。全力で俺の作業世界を作り出してやる。

「この世界との時間の流れの差は……よし。俺の世界の一年が、この世界の一秒になるようにしよう。広さは……俺の魔力が持つ限り。よし。《世界創造《ワールドクリエイト》》！　……ぐっ。やっば……」

《世界創造《ワールドクリエイト》》を使った瞬間、魔力がゴリッと削られ、一瞬で0になった。

更に、魔力が回復した側《そば》から、《無限収納《インベントリ》》の維持に使う僅かな魔力以外は全て《世界創造《ワールドクリエイト》》に搾《しぼ》り取《と》られる。

魔力が0になり続けると、気分が悪くなる。倦怠感《けんたいかん》が半端じゃない。

「そろそろか……っはぁ、はぁ、はぁ……終わったぁ……」

数分間にわたって、凄い勢いで魔力を搾り取られ、気分がすこぶる悪くなった。

しかし、そこで世界の創造が完了した。

「これが俺の世界への入り口か」

目の前には空間を切り取ったような円形の穴があった。そして、その穴の先には真っ白な空間が広がっている。

「……よし。入るぞ」

俺は恐る恐る穴の中に片足を突っ込むと、勢いをつけて中に入った。

「これは……本当に何もない世界だなぁ……まさしく、始まりって感じがするよ」

俺は感嘆の声を漏らした。

辺り一面真っ白。床、壁、天井の区別がつかない程に純粋な白で埋め尽くされた世界。

真っ白すぎて、視覚では世界の広さを把握できなかったため、《探索《サーチ》》で広さを把握することにした。

「……三十メートル×三十メートル×三十メートルか。この広さで世界と呼んでいいのかは微妙なところだよなぁ……」

俺は頭を掻きながらそう言った。

広さは、正直に言えば微妙だ。まあ、これに関しては俺の実力不足なので、いずれ頑張ってレベルを上げて、魔力量を増やしてから、再挑戦するとしよう。

「だけど、広さ以外なら申し分ないな。《終焉の業火《ラストインフェルノ》》」

俺は唐突に《終焉の業火《ラストインフェルノ》》を放った。

圧倒的な熱量を持つ炎は、世界の端に当たった。だが、世界にはなんの影響も現れなかった。

「流石だな。頑丈というのもおこがましいレベルの強度だ」

俺が使う魔法の中でもトップクラスに威力の高い《終焉の業火《ラストインフェルノ》》でも、壊れるどころか、手応えすら感じない。

「……よし。それじゃ、ちょろっとこの世界を改造して、俺だけの作業場にしよう」

この世界を作業に特化した空間にするべく、俺は動き出した。

「まずは、作業をする際に座る椅子を作らないと」

座り心地がよく、寝床としても使える椅子が最適だ。

たとえるなら、俺が昔愛用していたゲーミングチェア。ゲーミングチェアの素材はわからないが、時間はたっぷりとあるので、手持ちの素材を一つ一つ確かめていけばいいだろう。

「椅子の骨組みを作って……っと。よし」

俺は《無限収納《インベントリ》》からミスリルを取り出すと、《錬金術《れんきんじゅつ》》を使ってゲーミングチェアの形にした。

あとは何度も座って、俺好みの角度と大きさになるように、細かく調整する。

シートの素材も決めないとな……

「妥協せず、最適解を見つけてやる」

俺はそう意気込むと、《無限収納《インベントリ》》から様々な素材を取り出した。

◇　◇　◇

「……よし。できた！」

二十日程かけて、ようやくゲーミングチェアを作ることができた。

ちなみに、ゲーミングチェアのシートに使った素材はエンシェントドラゴンの腹の皮だ。

はっきり言って最高だ。エンシェントドラゴンは腹で卵や子供を温めるから、これほどのフィット感になるのだと思う。

「これでひとまずはよさそうだな」

俺は素材決めの合間に作った作業机と休憩用の家を眺めながら満足して、そう呟いた。

「そんじゃ、出るか」

最低限やることを終えた俺は《世界門《ワールド・ゲート》》をくぐって宿の部屋に戻った。ちなみにこれを命名したのは俺だ。なんかかっこいいだろ？


コンコン。

「レイン、起きてるー？」

少しして、ニナが朝食に誘ってくれた。

「ああ、起きてる。今行くよ」

俺はシュガーとソルトを肩に乗せると、ドアを開けた。

「お待たせ」

「やっと出てきてくれた。夕食の時は反応すらしてくれなかったからね」

ニナはぷくっと頬を膨らませながらそう言った。

「あー、すまん。その時は多分作業に没頭してた」

俺は頭を掻きながら謝罪した。

「そう。まあ、レインらしいわね。シュガーちゃんとソルトくんをもふもふする権利をくれたら、許してあげるけど？」

「権利も何も。いつも俺の許可を得ずにもふもふしていた……よな？」

長期間に及ぶ、キッツいレベル上げのあとの再会ということもあってか、反応が遅れた。

「そうだけど……その間は何？　なんで疑問形？」

ニナが俺を問い詰める。

「……作業のしすぎでボケてただけだ」

指で頬を掻きながらそう言う。

ニナの視線がちょっと辛い。

ボケたおじいさんを見て、呆れる人の目だ。

……って、俺はジジイではないからな！

アーユーオーケー？

「……前は誤魔化していたけど、レインってやっぱり相当長生きしているよね。なんだかちょくちょくおじいさんっぽさを感じるのよね」

年齢については感づかれていると思っていたが、こうもストレートに言われるのはちょっと想定外だ。それにしてもこの状況。昔の俺なら十中八九笑って誤魔化していただろう。

だけど、今は違う。

「……ニナの何十倍も生きていれば、精神年齢永遠の十八歳の俺からも、時の重みが出てくるんだな」

フッと笑いながらそう言う。

「レインって最近自分のことをあまり隠さなくなったよね。何かあったの？」

「別に。信用に信用で返してるだけだよ。バラされたら、それから対処すればいいし」

酒の席とかでポロッと誰かにバラされちゃっても、記憶を消せばいいだけなので、問題はない。

「わぉ。死人に口なし。相変わらず敵には容赦ない……」

ニナは若干引き気味にそう言った。

確かに今の言い方だと、殺して情報を隠蔽すると解釈できちゃうな。

というか、ほとんどの人はそう思うよな。

だって《記憶消去《メモリーイレーサー》》は闇属性レベル8の魔法だもん。

「殺さない殺さない。記憶を消すだけだよ」

「何度も殴って忘れさせる。なるほど……」

ニナがヤバイ解釈をしている。

余程の私怨《しえん》がない限り、拷問なんてやらんからな！

「……まあいいや。行くぞ」

なんでもかんでもさらけ出すのもダメだと感じた俺は、そのまま食堂へ歩き出した。

朝食を食べ終え、みんなと合流した俺は馬車に揺られていた。

次の目的地はここからすぐの場所にあるラダトニカという街だ。

よし。ここはニナに聞いてみよう。

「ニナせんせーい。ラダトニカについて教えてくださーい！」

「よし。私が教えてしんぜよう」

なんかよくわからんノリで、ラダトニカ説明会が始まった。

「まず、ラダトニカという街は商業で栄えているの。理由は、王都よりも南西にある街やバーレン教国、ムスタン王国へ行く中継地点になっているからよ。他の街や国へ行くのに物資の補給は必須だからね」

流石はニナ。めちゃくちゃ詳しい。Aランク冒険者としての知識量、ちゃんと見習わないとな。

「ただ、スリやカツアゲといった軽犯罪はしょっちゅうあるわ。特にスリが多い。ちょっとでも油断したら、すぐにとられちゃうから、身につけているものには常に気を配っておきなさい」

金のやり取りが盛んで、かつ人が多い。確かにスリはしやすそうだ。

まあ、俺は基本的に持ち物は《無限収納《インベントリ》》に入れているため、スリの被害にあうことはないだろう。唯一身につけているのはダークだが、その場合は《念話《ねんわ》》で教えてくれるだろう。

まあ、そもそもの話、俺に気づかれずにものを盗むのは不可能だろうけど。

「わかった。教えてくれてありがとな。んじゃ、《石化煙《スモッグ》》《地面破壊《アースブレイク》》」

俺は軽いノリで礼を言うと、そのまま馬車に接近していた魔物を粉々に破壊した。

そのあと、魔石はシュガーとソルトがくわえて持ってきてくれた。

「ありがとう」

俺は二匹の頭をなでなでしながら礼を言うと、四個の魔石を《無限収納《インベントリ》》の中に入れた。

「こりゃ討伐じゃないな。ただの魔石拾いだ」

「馬車の中から魔物を倒すって聞いた時は流石に正気を疑ったがな」

「使う魔法もさることながら、何よりも凄いのは精度。適切な場所とタイミングに魔法陣を展開して、魔法を放ってる」

ケインとガイルは純粋に驚き、ニナは魔法師として冷静に俺の動きを観察していた。

「まあ、魔法もそれなりに頑張ったからな」

魔法名を言わずとも魔法陣を展開できるようにしたり、魔法陣を透明にしたり、魔法陣を離れた場所に展開できるようにしたり、色々なことを試した。

どれもこれもスムーズにできるようになるには、それなりの練習が必要で大変だったが、その分役に立っている。

「頑張ったで済ませられる次元じゃねぇと思うけどな。才能があるやつは羨ましいよ」

「レインを見ていると、昔、世界を救った勇者を思い浮かべちゃうのは俺だけかなぁ」

ケインとガイルは羨ましそうにそう言った。

二人がそう思う気持ちはよくわかる。

剣術一流、魔法も一流、モノづくりは……素人目なら一流。

どれもこれも何百年間ひたすらレベルを上げ、鍛えて昇華させたものだが、その苦労を知らない二人は才能だと思うのだろう。

まあ、二人は俺のことを十代後半だと思っているから、仕方のないことなんだけどね。

「……俺には才能なんてないよ。剣術だって、普通だ。魔法はそこそこかな。ただ、モノづくりに至っては才能がない。まあ、食事や寝る間も惜しんでやったらこうなっただけだよ」

俺は少し早口で言いたいことを言い切ると、深く息を吐いた。

「……で、勇者って何？」

そして、めちゃくちゃ気になっていたワード、勇者について聞いてみた。

勇者イコール異世界人という固定観念が頭にしみついているのだ。

邪龍《じゃりゅう》について教えてくれた時に、ニナがぽろっと言っていたが、色々あって聞きそびれてしまったので、ここでしっかり聞いておくとしよう。

「あ、ああ。勇者っていうのは、今から千五百年程前に世界を滅ぼそうとした悪の化身、邪龍を討伐した人たちのことだ。七人いて、みんなニホンという別の世界から召喚されたと言われている。詳しく知りたいなら、本屋で『勇者戦記』を買いな」

「『勇者戦記』。懐かしいな。俺も子供の頃親によく読んでもらったな～。あれ、勇者の一人が書いた本らしいんだよな」

ケインとガイルが、勇者について教えてくれた。

どうやら、昔召喚された勇者は、俺と同じ日本人で間違いないようだ。

「なるほどな……」

二人の話を聞いた俺に、一つやりたいことが増えた。

それは、勇者が残した日本の文化を見つけることだ。なんせ、勇者は七人いるんだ。絶対に誰かは日本の文化を広めているはずだ。俺は懐かしみたいんだ。

「……よし。ありがとな」

「ああ。つーか、勇者を知らないってなかなかだな。レインの家って両親の話を聞く感じ、貧しいわけではないんだよな？」

どうやら勇者を知らないのは相当な世間知らずのようだ。その言葉の返しは既に用意済みだ。

「俺の家は人里離れた場所（ディーノス大森林）にあるからな。それに、俺は物心ついた時（この世界に来た時）から鍛錬ばっかりしてたからな。親がそういう話をしていたかもしれないが、多分聞き流していたな」

完全な嘘は言わない。それがごまかす秘訣なのだ。

「なるほどな。なんというか……レインらしいな」

俺の不名誉《ふめいよ》なイメージが出来上がっている気がするんだが……三人共頷いてるし。

だけど、文句は言えない。事実だから……

昼食を食べ終えて、一時間程経った頃――

「お、見えてきた見えてきた」

前方に見えてきたのは、ラダトニカをぐるりと囲む大きな城壁だった。

街の出入り口である門の前には多くの馬車や人によって列ができており、俺たちもそこに並ぶ。

十五分程で街の中に入ることができた俺たちはムートンと別れ、明日の朝まで自由に過ごすことになった。

「今日は何をするか……」

いつもなら即行でスキルのレベル上げに取りかかっていただろう。

だが、《世界創造《ワールドクリエイト》》で自分の世界を作ったことで、時間を気にする必要がなくなった。

なんせここ、ティリオスの一秒が、俺の世界の一年なのだから。

「ねえ、レイン」

腕を組みながら何をしようか考えていると、ニナが恐る恐るといった様子で声をかけてきた。

「ん？　どうした？」

「あのさ。よかったら、私とデー……じゃなくて、散歩しない？」

ニナは少し挙動不審になりながら、俺にそう提案してきた。

「ああ、いいぞ」

特にやることもないし、ニナと一緒にいると新しい発見があって楽しいので、俺はその提案に悩むことなく頷いた。

「やった！　ありがと」

ニナは満面の笑みで喜んだ。子供のように喜ぶニナを見て、俺も思わず笑みを浮かべる。

「ご主人様と遊びたかった」

「ニナさん。やりますね」

両肩から怨念《おんねん》が飛んでる気がする。よし。次はシュガーとソルトと一緒に遊ぼう。

俺はそう心に決めた。

「さ、レイン。行こ」

ニナは俺の手を握ると、歩き出した。

「レイン。頑張れよ」

「ニナさんのこと、ちゃんと考えるんだぞ」

「お、おう。わ、わかった」

ケインとガイルの謎の応援に戸惑いつつも、俺はすぐにニナと共に歩き出した。

「あ、レイン。あれ食べよ」

そう言ってニナが指を差す先にあったのは小さな店だ。

そこでは様々なフルーツがクリームと一緒にパンで挟まれた食べ物、フルーツサンドを専門に販売しているようだった。

「そうだな。食べるか」

今思うと、俺はこの世界に来てから一度もお菓子を食べていない。

実に、約千三百年ぶりのお菓子だ。

「すみませーん。フルーツサンド二個くださーい」

ニナは元気よく店員に声をかけると、小銀貨二枚、フルーツサンド二個分のお金を店員に手渡した。フルーツサンド一個で小銀貨一枚は高くね？　と思ったが、この世界の文明のレベルを考慮すると、それが妥当なのだろう。

「ん？　つーか、何気に俺の分まで払ってくれたのか。お金には困っていないから、そこまで気を使わなくてもいいのだが……」

「分けて支払うのは面倒でしょう？　それに、レインには何かと借りがあるからね」

確かにそれはわかる。

しかし、俺ってニナに貸しを作ったことあったっけ？　覚えがないのだが……

そんなことを思っている間に店員は手際よくフルーツサンドを作ると、テイクアウト用の紙袋に入れて、手渡してくれた。

何気にこの紙袋には耐汚染性上昇《たいおせんせいじょうしょう》の効果が付与されているので、食べている時に汚れて破れるなんてことにはならなそうだ。

「美味そうだな」

クリームから顔を出す色とりどりのフルーツを見た俺は、早速フルーツサンドを一口食べた。

「……美味い。クリームとフルーツもちゃんと冷えてる」

氷属性魔法で冷やしていたのだろう。ものを冷やすくらいなら、レベルを大して上げていなくてもできるだろうし。

「うん。美味しいね。レイン」

ニナも、笑みを浮かべながらフルーツサンドを食べていた。ニナにつられて、俺も笑った。

「……ふぅ。美味しかった」

ニナはフルーツサンドを食べ終わると、口元についたクリームを指で取り、その指をペロリと舐めた。

「レイン。次行こ」

「そうだな。行こう」

俺は素早くフルーツサンドを食べ終え、ニナの言葉に頷く。

その直後——

ドン！

ニナが、前方から歩いてきた体格のいい男性の肩にぶつかった。

「痛った……おい！　謝罪しろ謝罪。あと、金よこせ。断ったら……わかってるな？」

「俺にもな。迷惑料だ」

男性は肩を押さえながらそう言うと、連れの男性と共にニナに金を請求してきた。

うわーやってんなぁ……

後ろからその様子を見ていた俺は、男性がわざとニナにぶつかり、金を請求しているとわかっていた。これは止めるしかないな。

「見てたぞ。お前たちがわざとぶつかったのを」

俺はニナの前に立つと、二人の男性を睨みつけた。

「誰だお前。お前には関係ねーだろ」

「ニナはパーティーを組んでいる仲間なんだ。関係ある。それに俺は見てたぞ。お前がわざとぶつかるのをな」

「俺がわざとぶつかったと言うのなら、証拠《しょうこ》を出せよ」

「証拠ねぇ……周りの人がお前らのことを白い目で見ているのが証拠だと思うぞ。もし、お前らが被害者ならば、同情の視線が送られるはずだが？」

「……ちっ、面倒くせぇやつだ」

これ以上話しても無駄だと判断したのか、男性二人はこの場を立ち去った。

「ありがと、レイン。ああいうやつって逆上させて、武力行使してきたところを正当防衛するしかないから、厄介なのよね。あいつらは分が悪いと判断して、手を出してこなかったけど」

「そうだな。ただ、これで終わるとは限らないから気をつけろよ」

ああいうやつらがあっさりと手を引くわけがないと思った俺は、暗くなったあとに報復されることを警戒し、そう忠告した。

「わかったわ。それじゃ、行こっか」

ニナは頷くと、俺の手を引いて歩き始めた。

「レイン。次はあそこ！」

そう言ってニナが指を差す方向にあったのは、そこそこの規模の店だ。見た感じ、ここは衣類を専門に売っているようだ。

服屋か。ニナと一緒ってことは……長引きそうだよなぁ。

女性の服屋滞在時間が長いのは、誰もが知っている常識だ。

男性は欲しいものをさっさと選んで買う傾向にあるが、服に限らず、女性はものを買うまでの過程を楽しむ傾向にある。そんな考え方の差が、俺を憂鬱にさせた。まあ、俺が服に興味がないことが根本的な原因なんだけどね。

しかし、生きていくにあたって、人付き合いは必須だからな。

前世で引きこもってた分、こっちではそこら辺を大切にしようって前に決めたじゃないか。折角コミュ障も治ってきてるんだし。

世の中は自分中心に回っているわけではない。時には他人に合わせることも大切だ。

そう思った俺は、子供のようにはしゃぐニナにつれられて、服屋に入った。

「わぁ。これとかよさそう……あ、こっちもいいな」

ニナは普段着ているような機能性重視の服ではなく、女性としての魅力を引き立てるような服を楽しそうに見ていた。

なるほど。長時間はキツそうだ。

三十分弱なら大丈夫そうだが、一時間を超えるとかなりキツい。

《精神強化《せいしんきょうか》》のお陰で精神がやられることはないが、多少辛くなってしまうのは避けられない。

そんなことを考えていると、ニナが二着のワンピースを持って、俺に見せてきた。

「ね、ねぇ。私が着るとしたら、どっちのほうが似合う……かな？」

ニナは頬を赤らめながら、そう問いかけてきた。

これは……！

来たか。かの有名な究極の二択。

この時、女性は既に自分が着たいと思ってるほうを決めているらしい。

そのため、ここで俺がするべき行動は、ニナの目を見ることだ。

ニナの目を不審に思われない程度に見て、ニナが気に入っているほうを選ばなくてはならないのだ。

白と黒、どちらを基調としたワンピースか。

さて、ニナの目線はどうだろうか……よし。見えた！

二つのワンピースを交互に見ているが、白のワンピースのほうが気に入っているような感じがする。

頭の中を覗いて答え合わせをしたいところだが、万が一何かしてるってバレたら終わりだし、そういうことをするのは何か違うので、このまま俺の選択を通そう。

「白がいいと思うぞ」

さて、結果は如何《いか》に――

「本当？　よかった。私と一緒」

ニナは安心したように息を吐くと、笑みを浮かべた。

どうやら俺の選択は正しかったようだ。

ふぅ。よかった。それにしても、恋愛をする若い男子はいつもこんな感じなのかな？

そうだとしたら、めちゃくちゃハードだよなぁ。

彼女ができることに憧れていた昔の俺は、リア充を見るたびに『爆発しろ！』と思っていたが、
彼らが相手のことを考え、気遣う努力をしていたと思うと、昔の俺に説教をしたくなってくる。

相手の気持ちを考えないやつに彼女なんて絶対できないぞと……

第六章　思わぬ強敵と遭遇してしまったんだが……

三時間後――

「は～、楽しかった。ちょっと長居しすぎちゃったかしら？」

「確かにちょっと長かったかもな」

ちょっとどころじゃねーよと思いながらも、俺は当たり障りのない言葉を返す。

予想通り……いや、予想以上にニナの服屋滞在時間は長かった。なのに、何も買っていない。

理由を聞いたら、「買っても着る機会がないから……」と寂しそうに言った。

同年代の女性と同じようなことができないことを気にしているのだろうか。

その時、ちゃんと励ますことができればよかったのだが、言葉が見つからず、何も言うことができなかった。これについては、反省しなくてはならない。

持ち前の明るさで元気を出してくれたけど、心は傷ついているかもしれない。

「ん～……大分暗くなってきたな。そろそろ宿を取りにいくか」

「そうね。宿を取ったら夕食にしましょ。確か……あっちにあったはずよ」

ニナはそう言うと、路地裏に入った。

この世界の路地裏は危険だが、十メートル程の距離を歩くだけなら大丈夫だと思ったのだろう。

実際、俺も思った。路地裏から敵意のある気配を感知するまでは——

「!?　ニナ！」

駆け出したニナを、俺は路地裏の外から呼び止めた。

「何……!?」

ニナは右側から飛び出してきた男性の右ストレートを咄嗟に受け止めた。

接近戦は苦手なニナだが、Aランク冒険者としての技量とステータスのお陰で、ギリギリ防ぐことができたようだ。

「ちっ、くそが。さっきの礼をしてやろうと思ったのによ——がはっ」

俺は素早く近づくと、男性の胸ぐらを掴み、地面に叩きつけた。

頭は《結界《けっかい》》で守ってやったため、多少の怪我で済んでいることだろう。

「やっぱり仕返しにきたか。そして——」

俺は《短距離転移《ショートワープ》》を使うと、短剣を手に物陰に隠れていた、もう一人の男性の首を掴んだ。

「こんなところにいたのか」

冷酷にそう告げ、手を離す。

男性はドサッと膝から崩れ落ちると、両手を地面についた。どうやら完全に戦意を喪失したようだ。

「くっ……おのれ！　てめぇをあの方のスキルで奴隷にして売りさばいてやる！」

仰向けに倒れていた男性が恨みと悔しさのこもった叫び声を上げると、立ち上がってニナに襲いかかった。

ニナなら倒せると踏んでの行動だろう。だが、それは大きな間違いだ。

「はあっ！」

ニナはその男性の右ストレートをかがんで躱《かわ》すと、男性の急所である股間に、強烈な右ストレートをお見舞いした。

「が、あ、あ……」

男性は股間を両手で押さえながらゴロゴロと転がり、身悶えている。

両目からは涙が数滴こぼれ落ちている。

「二人で同時に不意打ちしていたら倒せたかもしれないけど、バラバラに殴りかかったって、勝機はないよ」

俺は男の急所をやられた気の毒な男性を眺めながら、そう言った。

それにしてもニナ、結構容赦ないな。まあ、俺が言えたことじゃないけど。

「これで終わりね。だけどこいつ、さっき私のことを奴隷にして売るとか言ってたわよね。てことは、こいつらの背後に違法奴隷商人がいるのね……」

ニナは顎に手を当てながらそう言った。

「違法奴隷？　まるで合法の奴隷ならいるみたいな言い方だな」

「ええ。借金を返せなくて奴隷になった借金奴隷と、犯罪者が奴隷になる犯罪奴隷の二種類よ。この二つは国の奴隷売買許可証を持っている奴隷商人のみが取り扱っているわ。ただ、国に届け出を出さなかったり、連れ去った一般人を奴隷として売っていたりする奴隷商人もいるの。で、こいつらの裏にいるのがそいつらじゃないのかって……」

なるほど。確かにその可能性は高いな。

「ちょっと見てみるか」

俺はそう呟くと、男性の記憶を見た。

「……こんなの見たら、助けるしかないよなぁ……」

記憶にあったのは、この男性によって捕らえられ、奴隷にされた人たちの絶望した顔だった。

これを見て、何もしない選択肢を取れるわけがない。

「レイン。どうかしたの？」

「いや、違法奴隷商人がいる場所がわかったんだ」

「本当⁉ なら、すぐに衛兵に知らせるわ。場所は？」

「場所は……この路地裏を出て、南に百メートル程進んだ場所にある小さな雑貨屋の地下だ。ドール雑貨店って名前だな」

俺はこいつの記憶を頼りに、奴隷商の場所を特定し、ニナに教えた。

「そこね……わかったわ。じゃあ早速行こう」

「ああ。だが、衛兵に伝えに行くのはニナだけにしてくれ」

「何故？」

ニナはコテンと首を傾げた。

「それはな。俺がこいつらの所業に心底腹が立っているからだ。それに、衛兵も手間が省けて喜ぶはずだよ」

日本でなら個人で犯罪組織に乗り込むのはよくないが、この世界なら問題はない。

徹底的にやるとしよう。俺は指をパキパキと鳴らすと、ニヤリと笑った。

「か、かなり怒っているわね。まあ、わかったわ。レイン、無茶はしないでね。あと、組織の中心人物は生かしておいてね」

ニナはそう言うと、衛兵の詰所へ向かって走り出した。

「ああ。無茶をしない程度に頑張るよ」

俺はニナの後ろ姿を見ながら、そう言った。

「では、やるか」

俺は男性二人を始末してスタッフ（魔物）に送り届けると、地面を蹴り、走り出した。

ありふれた商品が並ぶ店、ドール雑貨店。店の裏に到着すると、気配を探った。

「……そこか」

店の地下から人の気配を感じる。数は……五十三人といったところか。そして、その内の四十三人が奴隷にされてしまった人たちだろう。

「……当たりだな」

「雑貨店の店員として働いているやつらの記憶を見て、下へ行く隠し通路を見つけるとするか」

地下へ行くための通路を見つけるべく、俺は路地裏から出ると、《気配隠蔽《けはいいんぺい》》で気配を消して店の中に入った。

「ん～と。上で働いている人は四人か。んじゃ、見てみよう」

次々と店員に近づき、《記憶の観察者《メモリーオブザーバー》》で記憶を見る。

ん～、なるほど。店長は奴隷商の一員だけど、他の三人は雑貨店に雇われているだけなのか……

記憶を見た結果、この店の店長のみが奴隷商の一員。更には、幹部だということがわかった。

「で、地下への入り口は……あ、あった」

店長の記憶を頼りに、俺は会計所内の隅にあった扉を開けると、地下室の出入り口にいる店長に気づかれないように中に入り、扉を閉めた。

「下が騒がしいな……」

下から聞こえてくる笑い声を鬱陶しく思いながら、はしごを下りる。

『下の声が上に漏れないのか？』と一瞬思ったが、壁に防音《ぼうおん》の特殊効果が付与されているのに気づき、納得した。

「……っと」

はしごを下りた俺は辺りを見回す。

「酒を飲んだり、賭博《とばく》みたいなことをしたりして、遊んでいるな……あ、シュガー、ソルト。隠れてろ」

俺は小声でシュガーとソルトに隠れるよう言う。

「はーい」

「わかりました」

二匹は俺の両肩から飛び下りると、はしごの近くに転がっていた木箱の裏に身を潜めた。

「シュガーとソルトが気配を消せないのを完全に忘れてたな。ロープも持ってくるの忘れたし……まあ、そういうわけで、シュガーとソルトはそこから逃げるやつがいたら捕らえてくれ」

「わかった！　頑張る」

「わかりました。マスター」

ソルトとシュガーが元気よく返事をする。

「それじゃ、やるか」

俺はポツリと呟くと、前方にいる六人の見張りを睨みつけた。

見張りをしている時点で、ここにいるやつらは下っ端。生かしておく理由はない。

「死ね。《重力操作《グラビティー》》《転移門《ゲート》》」

冷酷な言葉と同時に、六人の人間が見るも無残な姿に変わった。

そして、既に原型をとどめていない死体が《転移門《ゲート》》によって、スタッフ（魔物）のもとへ届けられる。もっと食べやすい状態でよこせと文句を言われそうだが、仕方がない。

すまない。スタッフ（魔物）たちよ。

「ふう。すぐに衛兵が来る。それまではここで待っててくれ。奥にいるやつらを捕縛なり始末なりしてこないといけないから。シュガーとソルトはその人たちの護衛もお願い」

《気配隠蔽《けはいいんぺい》》を解除し、牢屋の鍵を剣（ダーク）で破壊すると、何が起きたのかわからずに呆けている人たちをシュガーとソルトに任せ、先へ進む。

「む？　急に静かになったな。何かあったのか？」

そう言いながら、奥にある部屋から、戦斧《せんぷ》を担いだ威圧感のある男性が出てきた。

先程始末したやつらとは比べ物にならない強さだ。こいつは恐らくこの先にいるボスの護衛、もしくは幹部なのだろう。

「お前は……侵入者か!?」

おっと。考え事をしていたせいで奥にいるやつらに俺の存在を知らされてしまった。

秘密の通路とかに逃げ込まれたら厄介なので、さっさと終わらせることにしよう。

それで、こいつは……生かしとくか。下っ端ではなさそうだし。

「はっ！」

俺は素早く近づき、男性の頭を鷲掴みにすると、そのまま顔面を地面に叩きつけた。

なかなか痛そうな音が通路に響いたが、手加減したので、死んではいないだろう。

「よし。このまま奥のやつらもぶっ潰せば解決だな」

俺は地面を蹴ると、前方の部屋に飛び込んだ。

ヒュン。

「はっ!?」

部屋に入った途端、振り下ろされた剣を、俺は咄嗟にダークで防ぐ。

「な……俺の剣を止めただと……」

男性は目を見開き、驚いている。まあ、相手が悪いとしか言いようがないよ。これは。

「大人しくしてろ」

俺は《重力操作《グラビティー》》で男性を跪かせると、殺気を出して気絶させた。

「あとはお前ら二人か」

そう言って、前方に視線を向ける。

一人はソファの前で尻もちをついて怯えているガタイのいい男性。

そしてもう一人はそんな男を呆れたような目で見る、赤髪金眼《あかがみきんがん》のもっとガタイのいい男だった。

ん～、ビクビクしてるほうはまあまあといった感じだ。

ただ、その後ろにいるやつは別格だな。今まで見てきた人間の中で一番強い気がする。

さて、《鑑定《かんてい》》――

「おい！　何醜態《しゅうたい》晒してんだよ！」

《鑑定《かんてい》》しようと思った瞬間、赤髪の男が声を荒らげて怒鳴りながらソファを思いっきり蹴った。

すると、ソファには大穴が空き、壊れてしまった。

「ひぃ。わ、わかりました！」

もう一人の男性は慌てて立ち上がると、怯えながらも剣を構え、斬りかかってくる。

だが、恐怖で体が強張《こわば》っているせいか、凄くぎこちない。

「そんな剣技で俺に届くわけがないだろう？」

そう言うと共に、男性の首に手刀を叩き込んで気絶させた。

「よし。それで、この違法奴隷商会の長《おさ》はお前だな？」

俺は最後の一人を見据える。だが、こいつはハッと鼻で笑うと口を開いた。

「んなわけねーだろ。長はそこに転がっているゴミだ」

そう言って、男は気絶した男を侮蔑《ぶべつ》の視線で見る。

あ、そっちが長なんだ……

「じゃ、お前はなんだ？　まさかこいつの護衛か？」

「さっきの見てたら違うってことぐらいわかるだろ？　まあいい。冥途《めいど》の土産《みやげ》に教えてやろう」

男は不敵な笑みを浮かべると、言葉を続ける。

「俺は神聖バーレン教国、枢機卿《すうききょう》が一人、ファルス・クリスティンだ」

「何!?」

……なんか予想外のが出てきた。

神聖バーレン教国っていうのは、ニナが地図で教えてくれたので、知っている。

確か、今俺がいる国、ムスタン王国と仲が悪いんだったな。

「……枢機卿って結構地位は上だよな？　なんでここにいるんだよ」

前世の知識をもとに、枢機卿の地位が高いことを思いだした俺は男――ファルスにそう問いかける。

「それは冥途の土産にしてやるわけにはいかねーな。んじゃ、人が来る前にさっさと終わらせようか」

そう言って、ファルスは拳を構える。そして地を蹴り、俺に上段から殴りかかった。

「遅いな」

技量はなかなかのものだが、地力が違いすぎる。

そう思いながら、俺は手刀をこいつの首に振り下ろした。

「ぐっ、クソがッ！」

だが、ファルスはすんでのところで俺の手刀を躱し、逆に脛《すね》に蹴りを入れてきた。

「マジか。凄いな」

全力ではなかったとはいえ、あの速度の手刀を躱したことに目を見開きつつ、俺はこいつの蹴りを避ける。

「くっ、お前……何者だよ……」

ファルスは冷や汗をかきながら後ろへ下がるとそう言った。

「何者って言われてもねぇ……ま、ただのAランク冒険者さっ！」

そう言いながら、俺は地を蹴ると男の首に手刀を――

「……ん!?」

突然空間の歪みを感じ、俺は即座に後ろへ下がる。

「これは……《転移門《ゲート》》!?」

俺が目を見開いた直後、ファルスの姿がふっと消えた。

「くっ、《時空支配《クロノス》》！」

即座にその場の時空を掌握《しょうあく》して、ファルスを引きずり出そうとする――が、既に転移先へ行ってしまったようで、引きずり出すことはできなかった。

「ちっ、遅かったか。それでお前は――」

少し前から視線を感じていた俺は、くるりと後ろを振り返る。

だが、そこには何も……いや――

「……ああ。《観察者《オブザーバー》》か」

そこには僅かな時空の歪みがあった。そして、その先に視線を感じる。

時空を繋いで遠距離から監視する時空属性魔法、《観察者《オブザーバー》》と見て間違いないだろう。

《転移門《ゲート》》と同じように、行ったことがある場所ならいつ、どこにいても使うことができるという結構凄い魔法だ。

「さて、お前があのファルスとやらを《転移門《ゲート》》で連れ出したやつだな。バレてるから、さっさと喋《しゃべ》ったらどうだ?」

俺は警戒しながらそう問いかける。

なんせ、先程の《転移門《ゲート》》もこの《観察者《オブザーバー》》も、魔道具で発動されたものではなく、本人の力で発動しているようだ。

つまり、レベル9相当の時空魔法を扱えるやつが、この世界にいるということになるのだ。

「……気づかれてたか。流石だね」

すると、子供っぽい声が聞こえてきた。だが、絶対子供ではない。気配が違いすぎる。

「状況から察するに、お前は神聖バーレン教国のやつだな？」

「ああ、いかにも。僕は神聖バーレン教国の教皇さ」

表情はわからないが、不敵に笑っているというのが感じ取れる。

「なるほど。随分なお偉いさんだな」

教皇って、多分国で一番偉い人だよな……？

「ああ、そうだね。それで、君に言いたいことがあって、これを繋げたんだ。僕たちバーレン教国が関与してたことは言わないでくれるかな？」

「何故……とは聞かないが、その願いを受け入れる理由はないな」

「まあ、そうだよね。ただ、無視したら、君が今いる国がすっごい悲惨な目に遭うとだけ言っておこう。それに、僕は君よりずっと強い」

あー……いや、それはないだろ。だって、俺は世界最強の称号を持ってるんだぞ？　勝てるわけないって。まあ、教えるつもりはないけど。

「何を根拠に強いと言ってるんだか……」

「ん？　そりゃ僕のレベルに決まってるじゃないか。じゃ、黙っててね。そうしてくれないと面白くなっちゃうから。もし、喋ったら、なぶり殺してやるよ。身の程を知らない弱者《ゴミ》としてね」

最後にさらりと毒を吐いて、接続は切れてしまった。

「……今度お前のところに行ってやる。首を洗って待ってるといい」

俺は静かな怒りを滲《にじ》ませながら、そう言った。

会話の最中は平然としていたが、あのクソ教皇の驕《おご》りからの見下しムーブに、俺はキレていたのだ。しかも、なぶり殺すとか……

で、肝心のこれを他者に伝えるかだが……

「俺は目をつけられても大丈夫だけど、何も知らない一般市民が被害をこうむりそうだから、やめとくか」

驕りとは言ったものの、クソ教皇の実力はかなり高い。

時空属性魔法の練度からして、多分下手をすれば俺の腕や足の一本ぐらい取られると思う。

まあ、すぐに再生できるから意味はないけど。

それに、忘れてたが、あのファルスとやらも普通に強い。Aランク冒険者のニナですら、場合によっては、瞬殺されるかもしれない。なんせ、俺の手刀を躱したのだから。

「さて、ニナはどうかな……お、着いているのか。だが、なんか揉めてんな」

気配を探った俺は、上でニナと衛兵が雑貨店の店長と揉めていることがわかった。

「よし。行くか」

最後に残った幹部に言い逃れをさせるつもりはない。裁きを受けてもらわないと。

そんな思いのもと、俺は走り、はしごを登った。

ちなみに、シュガーとソルトには追加で気絶させたやつらの監視もお願いしておいた。

「よっと。おい。何言い逃れしてんだよ」

扉を開け、立ち上がった俺は、のらりくらりと言い訳を続ける店長にそう言った。

「な⁉　い、いつの間に⁉」

男性は地下室から出てきた俺に驚き、狼狽《うろた》えている。

「レイン。無事でよかった。その様子を見ると、事は済んだようね」

ニナはホッと息を吐くと、安心したようにそう言った。

その言葉を聞いた衛兵たちの警戒が緩む。どうやら、地下室から出てきた俺のことを敵だと勘違いしていたらしい。

「下の制圧は完了した。捕らわれていた人たちは無事だ。あと、こいつは幹部の一人だ。あ、他にいる三人の店員はただ雇われていただけだ」

「な……てめぇ！」

俺の言葉を聞いて激しく動揺した店長は、懐から取り出した短剣の持ち手を強く握りしめると、勢いよく振り下ろしてきた。衛兵たちが慌てて止めようとするが、間に合いそうにない。

「まあ、問題はないけど」

俺は涼しい顔でそう言って、短剣が体に届く前に《縛光鎖《ばっこうさ》》で腕を縛り、腹パンで気絶させた。

「これでよし。それでは、ついてきてください。助けを待っている人がたくさんいるので」

「あ、ああ。わかった。案内を頼む」

こうして、違法奴隷商会のやつらを捕らえるべく、みんなと一緒に再び地下室に下りた。

「よっと。あ、シュガー、ソルト」

俺はシュガーとソルトに駆け寄ると、二匹まとめて抱きかかえた。

「あ、ご主人様！　奥に転がっていた人間はこっちに引っ張っといたの！　褒めて！　褒めて！」

「わ、私も頑張りました。褒めてくださると嬉しいです」

俺が言わずとも、二匹は気絶させた三人をこっちに運んでくれた。

「ありがとな。偉いぞ～」

俺は二匹の背中を優しく擦りながらそう言った。

「むぅ……羨ましい」

なんか後ろから視線を感じる。まあ、そうだよな。シュガーとソルトの大ファンであるニナの前でこんなことしたら、嫉妬されるよな。うん。スマン。

「ごほん。とりあえず、何があったのかを詳しく説明してくれるかな？」

大げさに咳ばらいをした衛兵が、俺たちの間に入るとそう言った。

おっと。蚊帳の外にしてしまったな。

「あ、そうですね。わかりました。まず、俺たちは路地裏でここの下っ端に襲われました。反撃して事情を聞いたところ、自分たちが違法奴隷商会の人間であることと、アジトの場所を教えてくれました。それで、俺はそのままアジトに殴り込みにきたってわけです。ここにいた下っ端は全員消して、地位が高いやつは気絶させておきました」

何があったのかを衛兵たちに説明する。当然、バーレン教国のことは隠したままだ。

すると、衛兵の一人がとてつもない速度で、紙に俺が言ったことを書き始めた。恐らく《速記《そっき》》のスキルを持っているのだろう。

「ありがとうございました。《真偽《しんぎ》》のスキルにより、あなたが正しいことも証明されています。これ以上聞かなくてはならないこともありませんし、ここからは我々にお任せください。報酬につきましては、金額が決まり次第、詰所にてお渡しします」

あ、《真偽《しんぎ》》のスキル持ってたんだ。まあ、嘘は言っていなかったから、問題はないけど……

「決まり次第……か。残念だが、俺たちは明日の朝には王都に向けて出発するんだ。護衛依頼を受けているから、滞在期間を延長することはできない」

「それでは、王都にある本部に連絡しますので、そこで受け取ってください。それから、身分証明書を見せてください」

「ああ、わかった」

「わかったわ」

俺とニナは衛兵に冒険者カードを手渡した。

「レインさんとニナさんですね。それで、二人共Aランク冒険者と……はい。わかりました。王都の本部で冒険者カードを見せていただければ大丈夫です。それでは、此度は本当にありがとうございました」

衛兵は冒険者カードを俺たちに返すと、頭を下げて礼を言った。

その衛兵に合わせて、他の衛兵も礼をする。

「礼を言われるようなことはしてないよ。それじゃ、あとはお願いします」

俺はシュガーとソルトを両肩に乗せると、やや急いではしごを登った。

『ほほう。面と向かってかしこまった礼をされたから、照れたのか？』

『こいつ……』

ダークに煽《あお》られ、俺は額に青筋を浮かべた。

久々に声を聞いたと思ったら煽りかよ。ていうか、最近（ここ四百年程）ダークは煽りか剣術のことしか話していない。薄々思っていたが、ダークの精神年齢って俺よりも下なんじゃないか？

煽りのレベルは小学生ぐらいだし。

「……まあ、いいや」

「？」

深くため息を吐く俺を、ニナは不思議そうな顔で見つめていた。

◇　◇　◇

あれからすぐに宿を取り、夕食を食べた俺はニナと別れると、部屋の中に入った。

「は～あ。一日がめっちゃ濃いな。そのせいでちょっと疲れたよ」

俺はシュガーとソルトを胸に抱くと、ベッドに寝転がった。

街で過ごす一日は本当に充実している。事件に巻き込まれすぎな気はするが、まあそれは異世界だから仕方ない……と思う。

「……だけど、疲れていても作業はやめられないんだよな～」

やめられない。とまらない。

俺は作業を――レベル上げをやめることができないんだ。まあ、純粋に楽しいからよし。

「それじゃ、行くか。開け、《世界門《ワールド・ゲート》》」

俺は《世界門《ワールド・ゲート》》の中に入った。

シュガーとソルトもつれていこうかなと思ったが、気持ちよさそうに寝ているのを見てやめた。

「よっと。うん。変わらないな」

変わらぬ景色を見て、俺はそう呟いた。

前回来た時から、こっちの世界で換算すると数万年の月日が経過している。そのため、本来ならここにあるもの全てが経年劣化によってボロボロになっているはずだ。だが、ちゃんと全ての物に劣化防止《れっかぼうし》を付与してあるため、このように、ボロボロにならずに済んでいる。

一応世界の管理者の権限で、時間を止めたり戻したり進めたりできるのだが、魔力を湯水の如く使うため、付与を選んだ。

「よし。早速レベル上げ……と言いたいところだけど、眠気が凄いからあれだけやって一旦寝るか」

俺はそう言うと、何もない場所に視線を移した。

「ちょっとやってみたいことがあるんだよな～」

もしこれが成功すればめちゃくちゃ強力な切り札になる……というわけではない。

でも、ロマンは結構ある。

「よし。やるか。《転移門《ゲート》》！」

俺は前方に大量の《転移門《ゲート》》を展開した。

「そして、《氷槍《アイスランス》》！」

《転移門《ゲート》》の一つに《氷槍《アイスランス》》を放つ。

《転移門《ゲート》》に入った《氷槍《アイスランス》》は別の《転移門《ゲート》》から勢いよく飛び出した。

そして、その《氷槍《アイスランス》》は飛んだ先にあった別の《転移門《ゲート》》の中に入り、更に別の《転移門《ゲート》》から飛び出す。縦横無尽に《氷槍《アイスランス》》が飛んでいる。

「あれを敵の周りに展開したら絶望すること間違いなしだな……って、あれ？　消えちゃった。結構魔力込めたのに」

縦横無尽に飛び回っていた《氷槍《アイスランス》》が、《転移門《ゲート》》を七回通っただけで消えてしまったのだ。

「ん〜、もっかいやってみるか」

今度は魔力を感知しながら、《氷槍《アイスランス》》を放った。

すると――

「あー……はいはい。《転移門《ゲート》》に入るたびに《氷槍《アイスランス》》に込めた魔力が減っているのか……」

《氷槍《アイスランス》》は《転移門《ゲート》》に入るたびに魔力をごっそりと失い、七回目で完全になくなっていることがわかった。

「なるほどなるほど。《転移門《ゲート》》に魔力を吸われてるってことか」

次に、《転移門《ゲート》》の魔力の流れを見たことで、俺は原因を解明することができた。

「折角のロマン砲が七回で終わるなんて。んー、魔力が吸われてるなら、魔力を使わないやつを……あ！　今こそあれの出番だ！」

俺は手をポンと叩くと、《無限収納《インベントリ》》から魔導銃を取り出した。

魔導銃は、まともに再現できた唯一の前世の科学兵器ということもあって、今までに作ったものの中では一番気に入っている。

『魔法でよくね？』が続きすぎて、実戦で使ったことはないのだが、今回はこれが適任だ。

魔導銃から飛び出す銃弾なら、魔力を吸われて消えたり、威力が下がることがない。

「よし。発射！」

パン！

乾いた破裂音と共に放たれた銃弾は、とてつもない速度で縦横無尽に飛び回った。

まあ、とてつもない速度と言っても、《思考加速《しこうかそく》》と俺のステータスをもってすれば、普通に視認できるが。

「凄ぇ。えげつないな」

たった一発でこれなのだ。二発三発と撃ち込んでいけば、もっと凄いことになるぞ。

「これぞロマンだなぁ」

俺は腕を組み、満足しつつ頷いた。

だがその直後、銃弾は消えてしまった。撃ったら十秒後に消える消滅《しょうめつ》の特殊効果が発動してしまったのだ。

「ああ。消えちゃった。でもまあ、これは面白いな。そして、それなりに強い。機会があったら使ってみよっと」

俺は楽しくなって、笑った。

「……レイン」

ロマン砲ができたことでうっきうきになっている俺に、ダークが声をかけてきた。

「ん？　なんだ？」

声のトーンから嫌な予感を覚えながら、ダークを見る。

すると、ダークが饒舌《じょうぜつ》に喋り出した。

「このロマン砲とやらを、剣術修業に取り入れるのじゃ！　今すぐに！」

あ、ヤバい。ダークが鬼教官モードに入った。

「鉛玉が超速で飛び交う中で、その鉛玉を切る。避ける。これはいい特訓になる！　あ、《思考加速《しこうかそく》》等のスキルの使用は厳禁じゃ！　それがあっては修業にならん。そして、飛び交う鉛玉は二個三個とどんどん増やしていくのじゃ！　目標は……そうじゃな。ひとまずは十個でどうじゃ。それで、鉛玉はゴーレムに撃たせればよかろう。さあ、今すぐ始めるのじゃー！」

「い、いや。か、勘弁してくれ。頼むからー！　あと寝かせてー！　眠いからー！」

その後、俺がどうなったのかはスキルを見て推して知るべし。

『スキル《自動攻撃感知《じどうこうげきかんち》》を取得しました』

『《自動攻撃感知《じどうこうげきかんち》》のレベルが2になりました』
『《自動攻撃感知《じどうこうげきかんち》》のレベルが3になりました』
『《自動攻撃感知《じどうこうげきかんち》》のレベルが4になりました』
『《自動攻撃感知《じどうこうげきかんち》》のレベルが5になりました』

『スキル《残像《ざんぞう》》を取得しました』
『《残像《ざんぞう》》のレベルが2になりました』
『《残像《ざんぞう》》のレベルが3になりました』
『《残像《ざんぞう》》のレベルが4になりました』
『《残像《ざんぞう》》のレベルが5になりました』

『《自動攻撃感知《じどうこうげきかんち》》のレベルが6になりました』
『《残像《ざんぞう》》のレベルが6になりました』
『《自動攻撃感知《じどうこうげきかんち》》のレベルが7になりました』
『《残像《ざんぞう》》のレベルが7になりました』
『《自動攻撃感知《じどうこうげきかんち》》のレベルが8になりました』
『《残像《ざんぞう》》のレベルが8になりました』
『《自動攻撃感知《じどうこうげきかんち》》のレベルが9になりました』

『《残像《ざんぞう》》のレベルが9になりました』

『《自動攻撃感知《じどうこうげきかんち》》のレベルが10になりました』

『《残像《ざんぞう》》のレベルが10になりました』


『《精神強化《せいしんきょうか》》のレベルがMAXになりました』

『《自動攻撃感知《じどうこうげきかんち》》のレベルがMAXになりました』

『《残像《ざんぞう》》のレベルがMAXになりました』


「……ダーク。流石に今回はキツかったよ。時間はいくらでもあるんだから、もうちょいゆっくりやろ？」

「その言葉。レベル上げをしている時のお主に言ってやろうか？」

「うっ……」

レベル上げを当てこすられ、俺は言葉に詰まってしまった。

「それに、後悔はしていないじゃろ？　終わりよければ全てよし。もう気にするな」

「まあそうなんだけどさぁ……なんか納得がいかねぇんだよなぁ……」

俺はため息を吐いた。確かに、今回の剣術修業のお陰でレベルMAXのスキルが四つになった。

しかも、その内の二つのスキルは修業中に新たに取得したスキルだ。

一つ目は《自動攻撃感知《じどうこうげきかんち》》という自身に向かってくる攻撃を自動で感知するスキルで、二つ目は

《残像《ざんぞう》》という自身の残像を作り出すスキルだ。

これに加えて剣術修業により超人的な反応速度を手に入れたと考えれば、修業の成果はあったと言えるだろう。

だが……

「二千七百八十二歳……俺、街を歩いていた時は千代半ばだったんだよ。なんでこっちに来て修業したら二千代後半になってるんだよ……」

「千代って語呂が悪いのぅ」

「確かにな。十代二十代とかはいいんだけど、千代二千代とかはなんかしっくりこないよな……って、そうじゃなくて！」

「はいはい。つまりあれじゃろ？　気がついたらそんだけ年を取っていたせいで、老いを感じたんだろ？」

「うっ……」

いきなり本音を言い当てられて、またもや言葉に詰まってしまった。

でも仕方ないだろ？　修業を終えて、久々にステータスを見たら千四百歳近く年を取っていたんだ。いくら見た目が変わらないとはいえ、多少は気にしちゃうんだよ。老いってやつを。

「それよりも、今はあの問題を早急に解決せねばならんぞ」

「だな」

ダークの言葉に、気を引き締めて頷いた。

現在、俺はかなり大きな問題に直面している。そして、この問題を解決できないと、今後存分に作業をすることができなくなってしまうのだ。

俺が今抱えている問題。それは――

「まさか食料がなくなるだなんて思いもしなかった」

そう。食料だ。

作業の時に食べていたものは、かなり前に殺した魔物の肉だ。ひたすら狩り続けていたため、量はたくさんあった。そんな底なしだと思う程多かった食料が、節約しながら食べていたのに、とうとうなくなりかけているのだ。このままでは、あと五年程で食料がなくなってしまう。

それはマズい。マズすぎる。

「は～あ。まだあっちの世界（ティリオス）では夜だろうから、ちょっくら魔物を狩りにいってくるか」

俺は気合を入れると、《世界門《ワールド・ゲート》》を開いてティリオスに戻った。

その後、即座に《長距離転移《ロングワープ》》を使ってディーノス大森林の最深部に転移する。

「よっと。うん。やっぱり多いな。ここの最深部は」

ディーノス大森林の最深部に転移した俺は、周囲にいる魔物の気配を察知すると、そう言った。

「狩りつくすか。目についた魔物を片っ端から狩って、食えそうなやつだけ《無限収納《インベントリ》》に入れればいい」

そう言いながら、《思考加速《しこうかそく》》と《並列思考《へいれつしこう》》を使う。そして、地面を蹴り、近くにいる魔物に襲いかかった。

「はあっ！」

右手の剣（ダーク）と、左手から放つ魔法で魔物を狩る。

食べられる魔物は《無限収納《インベントリ》》に入れ、食べられない魔物は放置する。

俺はそれを朝になるまで延々とやり続けた。

◇◇◇

「ふぅ。終わりにするか」

朝日を浴びた俺は剣を鞘にしまうと、スキルを解除した。

「食料を集めることを意識しながら魔物を狩ると、意外と溜まるもんなんだな」

討伐ではなく食料回収を意識して魔物を狩った結果、今回だけでおよそ二十年分の食料を手に入れることができた。

ただ、これだけでは全然足りないため、今後もしばらくは食料集めを続けるとしよう。

「よし。じゃあ、帰るか」

俺は《長距離転移《ロングワープ》》を使うと、ラダトニカの宿に転移した。

「よっと。ただいま」

「あ！　おかえりなさい！　ご主人様！」

「おかえりなさい。マスター」

宿に転移すると、シュガーとソルトがしっぽを振りながら近づいてきた。

約千四百年ぶりなので、流石の俺でも懐かしさを感じる。

「ああ。頑張ってきたよ」

俺は思わずシュガーとソルトを撫でた……うん。懐かしい。

「ふぅ。ちょっと抱かせてくれ」

俺はシュガーとソルトを抱きしめると、ベッドに寝転がった。

そして、ドアがノックされるまでの間、癒され続けた。


コンコン。

「レイン～、ご飯食べにいこ」

「ん？　ああ。わかった～」

俺はベッドから起き上がり、シュガーとソルトを両肩に乗せるとドアを開けた。

うん。やっぱり懐かしく感じる。俺はニナの顔を見た瞬間にそう思った。

ただ、それと同時に疑問も浮かんだ。

ニナと数日しか一緒に過ごしていないのに、何故ここまで鮮明に覚えているんだ……と。

数日間しか共に過ごしていない人間のことを、あれだけの時が経っても覚えているのは、ちょっと違和感がある。

ん～……半神って記憶力も強化されてたりするのかな？　それともレベル10000の恩恵？

色々と仮説を立ててみたが、結論は出てこなかった。

「レイン。どうかしたの？　そんなにじっと見つめられると恥ずかしいんだけど……」

ニナは顔を背け、頬を少し赤らめるとそう言った。

「ああ、ごめん。ちょっとボケてただけだ。もう大丈夫」

俺は頭を掻きながらそう言う。

「そう……わかったわ。それじゃ、行きましょ」

ニナは何故か少し残念がって頷くと、食堂に向かって歩き出した。


ニナと朝食を食べ、みんなと合流した俺は今、馬車に揺られながらラダトニカをあとにした。

「ニナ、次の街について教えてくれ」

この世界の知識に乏しい俺は、いつものようにニナに教えを乞う。

「わかったわ。教えてあげる」

ニナはシュガーを膝の上に乗せて、モフモフを堪能しながら頷いた。

何気にニナは、俺以外では唯一の、シュガーやソルトが喜ぶ撫で方をするんだよね。

「次に着く街の名前はスリエ。途中で夜営しないといけないから、着くのは明日になるわ。それで、この街は……まあ、小さいラダトニカだと思ってもらえばいいわ。街としては発展しているほうなんだけど、王都とラダトニカに挟まれているせいで、あまり目立たないって感じね」

「なるほど。スリエの人にそれ言ったら怒られそう」

この言葉を言ったら、『俺らの街を地味って言うんじゃねぇ！』って具合に怒られるだろうなぁ。

そんなことを思いながら、俺はニナの言葉に頷いた。

「それじゃあ、これは聞かなかったことにしてね」

ニナは口の前に人差し指を立て、そう言った。

「わかったよ」

可愛らしい仕草だなぁと思いながら、俺は頷く。

「で、スリエを出たら半日で王都に着くわ」

「王都まであと少しか。王都に着いたらやりたいことがたくさんあるからな～。でも、まずは衛兵の詰所に行って、お金をもらわないと」

違法奴隷商会の場所を突き止め、カチコミし、制圧したという功績は、自分で言うのはあれだが、かなり凄いことだろう。そのため、報酬金を結構期待しているのだ。

使い道は今のところないが、お金はあるに越したことはないからな。

「詰所？　金？　お前何やらかしたんだ？」

ケインとガイルが詰所と金に反応して、話に入ってきた。

「ああ。実は昨日、路地裏で俺たちを襲ってきたやつらが、たまたま違法奴隷商会の人間だったんだ。それで、そこにカチコんで制圧したら、王都の詰所で金を受け取れることになった」

俺は二人に昨日のことを話した。

「あ、一応言っておくけど、奴隷商を襲撃したのはレイン一人だからね。私は衛兵を呼びにいってたから」

ニナがすかさず補足をする。

「うわぁ……一つの組織を平然と相手にするなんざ、やべぇとしか言いようがないな……」

「でも、レインはAランク冒険者の中でも上のほうだろ？　だから、並の組織ぐらいなら一人でも簡単に制圧できると思う。まあ、やべぇことに変わりはないけど」

ケインとガイルは、相変わらずだなと言いながら、俺を見た。

「そう思うのも無理はないわ。制圧に手間取ったら、奴隷を人質にされちゃうからね。そういうところを相手にするんだったら、人を集めて一気にやるのが定石《じょうせき》。一人で行くのは無謀よ」

なんかニナからも遠回しにありえないと言われてしまった。

てか、人質については全然考えてなかったな。

「あれ？　じゃあ、なんであの時俺を止めなかったんだ？」

無謀だと思っていたのならと思った俺は、ニナに問いかけた。

「あそこで止めても、レインは行ってたでしょ？　それに、違法奴隷商会ごときにレインが負ける姿が想像できなかったから」

「なるほど。まあ、確かにな」

推定Sランク冒険者クラスがいたし、その背後に教皇という更に格上もいたので、普通のAランク冒険者だったら百人いても対処できなかっただろうが……まあ、それを言う必要はないだろう。

第七章　遂に王都に着いたぞ！

「あれが王都、ムスタンか」

今までに見てきた街とは比較にならない程堅牢《けんろう》な城壁に囲まれており、出入り口の門も王都にふさわしい大きさになっている。

ん？　スリエはどうしたかって？

別に何事もなく一泊してきただけだよ。これといったことはしていない。普通に街の外の野原でシュガーとソルトと一緒にゴロゴロのんびりしただけだ。

『うむ。ようやくレインが楽しみにしていたところに着いたのう。わしらは何故か二千年近くかかったがの』

『そうだな。まあ、その内の三分の二はお前の剣術特訓だったがな』

ダークの《念話《ねんわ》》に、俺はややトゲのある言葉で返した。

『む。じゃが、お主も最終的にはノリノリじゃったろ』

『やるからには絶対に成し遂げてやると思っただけだ』

『ふむ。負けず嫌いと』

『なんとでも言え』

そんな不毛な言い争いを続けていたら、いつの間にか俺たちが乗る馬車が王都に入る列の先頭になっていた。

「おっと。降りないと」

俺はみんなのあとに続いて馬車から降りると、衛兵に冒険者カードを見せ、王都に入った。

「おお。活気があるなぁ」

王都は今までに見たどの街よりも人が多く、賑やかだった。道幅も広く、通行人が馬車の移動の邪魔になることもなさそうだ。

「よし、みんな。ここまで護衛してくれてありがとな。それじゃ、渡すぞ」

そう言ってムートンが俺たちに手渡したのはＢ４サイズの紙だった。

その紙には依頼完了と書かれており、依頼の詳細とムートンのサイン、そして冒険者ギルドのハンコが押されていた。

俺は、その紙をなくさないように《無限収納《インベントリ》》にしまう。

「じゃあな。無理せず頑張れよ！」

ムートンは力強く手を振りながら馬車を走らせ、連れの馬車と共に去っていった。

「わかりましたー！　さよなら！」

俺は声を張り上げ、元気よく答えた。

「ふぅ。それで、これを冒険者ギルドに出しにいけばいいんだろ？」

「ええ。ただ、その前に衛兵の詰所に行きましょ。丁度門の横にある建物がそうだから」

「わかった。じゃ、ガイル、ケイン。またな」

俺はガイルとケインに軽く手を振った。

短い期間だったが、彼らとはかなり仲良くなれたと思う。

彼らは基本的に王都で活動しているらしいので、冒険者ギルドに行けば、また会えるだろう。

「ああ。じゃあな。楽しかったぜ」

「また話そうな」

「ああ。そうだな」

俺は二人に別れの挨拶をし、ニナと共に衛兵の詰所に入る。

「……こんな感じなのか」

詰所の中は交番のような感じで、受付には一人の衛兵がいた。

「ん？　冒険者か。何かあったのか？」

「いや、報酬金を受け取りにきたんだ」

「ええ。ラダトニカの件でね」

俺とニナはそう言うと、衛兵に冒険者カードを見せた。

「わ、わかった。ちょっと待ってくれ」

衛兵はそう言って、後ろの机の上に置かれている書類の束を確認し始めた。

「え～と……Aランクの……レインさんと……ニナさん……あ、あったあった。ん～と……ああ。この件か。ちょっと待っててくれ」

衛兵は一枚の書類を手に、足早に受付の奥へ行った。

数分後、受付の奥から出てきたのは赤髪赤眼の体格のいい男性だった。

「白髪の男と青髪の女か……よし。間違いはないようだな。では、ついてきてくれ」

「わかった」

俺は頷くと、ニナと共にその男性についていった。

「よし。入ってくれ」

俺たちは二階に上がり、応接室に入った。

応接室は中央にテーブルがあり、それを挟んで対面するようにソファが置かれている。

俺たちはそのソファに座った。

「あ、自己紹介を忘れてたな。俺の名前はバルザック・フォン・オリオン。ムスタン王国衛兵隊統括だ」

男性——バルザックはそう言った。

衛兵隊統括。つまり、この国にいる衛兵の中で一番偉い人ってことかよ。凄ぇな。

一番偉い人が出てくると思っていなかった俺は、目を見開く。

ちらりと視線を流すと、ニナも目を見開いて驚いていた。

「まあ、気にしなくていい。それで、これから報酬金を渡すんだが、その前にちょっと聞きたいことがあってな。レイン。組織のやつらの発言を覚えている限りで報告してくれないか？」

「発言を？　ああ、わかった」

意図はわからないが、とりあえず言えるところだけ言ってみよう。

「下っ端の発言は、覚えてないな。見張りをしながらどんちゃん騒ぎをしていたから。で、位の高いやつ……もこれといって覚えてないな。問答無用で襲われたから。それで、一番偉いやつ……も同じだ。ちょっと怯えてたけど、普通に襲いかかってきたから倒した」

真実を言いつつ、神聖バーレン教国のところは上手いこと隠して、俺は説明を終えた。

「なるほどな……ありがとう。では、これが報酬金だ」

バルザックは革袋を差し出した。そして、ニナにも小銀貨三枚を手渡す。

「レインには銀貨三十枚。ニナには小銀貨三枚だ。確認してくれ」

「ああ……」

俺は中に入っている銀貨の枚数を数えながら、バルザックが俺にやつらの発言を聞いた意図について考えていた。う～ん……何か隠してそうだなぁ……

「……はい。確認が終わりました。では」

「ああ。今回は本当にありがとう」

俺は《思考加速《しこうかそく》》をやめて立ち上がると、それと同時に一瞬だけ、《記憶の観察者《メモリーオブザーバー》》を発動して、バルザックの記憶を見た。

「では、さようなら」

そして、俺はそのままニナと共に応接室を出た。

「……なるほど。やつらは何者かによって暗殺されたってことか」

誰にも聞こえないような小さな声で、ボソッと呟く。

なんと、違法奴隷商会のやつらは捕らえられた日の夜に何者かによって牢屋の見張りごと殺されていたのだ。そして、バルザックは暗殺された理由を口封じだと考えており、現在はやつらの背後にいる組織の正体を暴くために情報を集めているようだ。その背後にいるのは十中八九神聖バーレン教国のあいつらだろうが、まあそれは言わないでおこう。

「じゃ、冒険者ギルドに行くか」

「そうね」

こうして衛兵の詰所を出た俺は、街並みを堪能しながら冒険者ギルドへ向かって歩き始めた。

「ここがムスタン王国の冒険者ギルド本部か。本部って言うだけあって結構大きいな」

今までに見てきた冒険者ギルドと比べると、横幅は二倍、高さも二倍はありそうだ。奥行きは……うん。恐らく一・五倍くらいだな。

「そうね。それじゃ、さっさと入りましょ。ここにずっといると出入りの邪魔になるからね」

「ああ、そうだな」

俺はニナの言葉に頷くと、冒険者ギルドの中に入った。

今の時刻は午後二時と、冒険者ギルドが空いている時間帯なのにもかかわらず、そこそこの人がいた。まあ、王都にいる冒険者の数は他の街よりも圧倒的に多いため、当然と言えば当然だが。

「じゃ、行くか」

俺は《無限収納《インベントリ》》から依頼完了書を取り出すと、ニナと共に受付へ向かった。

「依頼完了の報告だ」

そう言って、受付の女性に依頼完了書と冒険者カードを手渡す。

「……はい。それではこちらが報酬金になります。お疲れ様でした」

受付の女性は俺に報酬金と冒険者カードを渡し、頭を下げる。

「ああ、ありがとう」

俺は礼を言って、受付を離れた。

「ふぅ。まずはどこに行こうかなぁ……」

《無限収納《インベントリ》》に報酬金と冒険者カードを入れながら、俺は呟く。

色々と行きたいところはあるが、まずは短時間で終わりそうなところから行ってみよう。

「ん～……図書館にするか」

《思考加速《しこうかそく》》と《並列思考《へいれつしこう》》を持つ俺にかかれば、本なんてあっという間に読むことができるだろう。

「やっぱりまずは《錬金術《れんきんじゅつ》》についてだな。才能がないから、知識でなんとかできるぐらいには読みまくらないと。あとは……魔法もだな。応用とかがあるなら知りたいし……あ、剣術も一応見とくか。参考になるかもしれない」

そんなことを考えていると、後ろから、ニナが報酬金をポーチの中に入れながら近づいてきた。

「おまたせ。とりあえず、これでやらないといけないことは終わったわ。これからどうする？」

「そうだな。やっぱりまずは図書館に行きたいな。色んな本が読みたいからさ」

「あ～……だったら明日にしたほうがいいかな。国立図書館って入る時に入館料として小金貨一枚も取られるから、折角入るんだったら朝から夕方までずっといたほうがお得よ。別室にレストランがあるから、そこで昼食も食べられるし」

「入館料がいるのか……って、小金貨一枚⁉」

俺は驚き、目を見開いた。

入館料はまだわかる。司書の給料や新しい本を買うために必要だからだ。だけど、小金貨一枚は流石に高い。

「まあ、世界中の本が集まる場所だからね。一冊何百万セルという価値がある本でも読み放題だって考えたら、安いものよ」

前言撤回。入館料は良心的だ。いや、むしろ安い。

「よし。明日は読みまくってやる。頭の中に内容を全て刷《す》り込《こ》んでやる」

華麗なる手のひら返しを見せた俺は、グッと拳を握りしめるとそう宣言した。

「ふふっ、頑張ってね」

ニナは子供を応援するような感じでそう言った。いや、なんでそんな目で見るんだよ……

まあ、いいや。

「ああ。頑張るよ。ただ、図書館に行かないとなると、今日行くところはなさそうだな……とりあえず王都の地図があるなら見せてくれないか？　これまでの街とは比べ物にならない程広いから、地図を頭に入れとかないと迷っちゃうかもしれない」

「わかったわ。王都の地図ならギルドにあるから見にいきましょ」

「ありがとう」

俺はニナにつれられて、冒険者ギルドの奥のほうの壁にある地図の前に来た。

「凄いな。王都はここまで正確な円形の都市なのか？」

俺はニナにそう問いかけた。

大きなコンパスで円を書いて作ったかのようだ。

「そうよ。王都は今から千年以上前に作られたって言われてるんだけど、どうやって作られたのか、わかっていないんだよね。勇者が上空から特大の魔法を放ったことでできたクレーターを整備して作ったって説が一番有力らしいんだけど……まあ、ありえないわよね」

ニナは冗談を言うように、笑いながらそう言った。

この王都と同じ大きさのクレーターか。

あ、多分俺なら作れるな。上空から《巨星《スターフォール》》を撃てば、これと同じくらい――いや、もっと大きなクレーターが作れるな。まあ、やらんけど。

「それで、話を戻すけど、まず王都の中央にあるのが、王族が住んでいる王城。そして、そこから四方向に大きな道が伸びていて、王都を四つの区画に分けているの。今私たちがいるのは商業区で、そこから時計回りに工業区、貴族街、居住区となっているわ」

「なるほどな……」

真ん中にある白丸が王城で、ピザを四分割したかのような線が区画を分ける大通りなのか。

なんというか……凄く綺麗だ。日本でたとえると、平城京や平安京みたいな感じだろう。

「それで、国立図書館は貴族街の……ここら辺にあるよ。ここからなら歩いて一時間弱かしら？」

ニナは貴族街の一角を指差しながらそう言った。

「貴族街か……貴族から、なんで平民がここにいるんだよって言われそうなんだが……」

貴族は平民に対して横柄な態度を取るというイメージがあった俺は、思わずそう言った。

「それはないわよ。ウェルドの領主みたいな例外はいるけど、大半の貴族は平民を見ても、何もしないわ。だってそんなこと人前でやったら、罪にはならなくても評判はかなり下がるから。多くの人から信頼してもらいたいと考える貴族にとって、それは致命的よ」

ニナは、ないないと手を左右に振りながらそう言った。

確かに言われてみればその通りだな。

自分の役目を知らない貴族の子供とからならまだしも、出世を願う大人の貴族はそのことをちゃんと理解しているはずだよな。民のことを考えない貴族がはびこったら、革命やらクーデターやらが起きそうだし。

「そうだな。ありがとう」

「うん。とりあえず説明は終わりにしようかな。あ、やることが決まってないんだったら、私の家に来ない？　弟にレインのことを紹介したいからさ」

「ああ。わかった——て、え⁉　ニナ、弟いたの⁉」

衝撃の事実に、俺は思わず叫んでしまった。

幸い周りが騒がしいので、うるさいって言われることはなかったが。

「そんなに驚くこと？」

「ああ。だってあれだけ雑談したのに弟がいるだなんて話は聞かなかったからさ」

「確かに言ってなかったわね……でも、弟は本当にいるのよ。早速行きましょ」

「ああ、わかった」

俺は頷くと、ニナと共に冒険者ギルドを出た。

十分後――

「着いたわ。ここが私の家よ」

そう言ってニナが指差すのは、木造の一軒家だった。

「レイン。ついてきて。ただいま～」

ニナは俺の手を引くと、家のドアを開け、中に入った。

俺も、ニナに引っ張られるような形で家の中に入る。

家の中は西洋文化が少し入った、日本家屋のような感じだった。

すると、奥のドアが勢いよく開き、そこから青髪金眼のやや筋肉質な男性が飛び出してきた。

「ねーちゃん。おかえり……って、誰だそいつはぁ！」

男性はニナの顔を見て笑みを浮かべたが、その後ろにいる俺を見た途端、笑みを消した。

「紹介するわ。私の弟のリックよ」

ニナは何もなかったように、男性――リックを紹介してくれた。

しかし――

「あいつ。ご主人様を睨みつけるだなんて」

「すっごく不快ですね。あの女の弟だから、マスターに生かされているだけです」

ソルトとシュガーはリックの言動に怒りを募らせていた。

『リックの気持ちもわからなくはないよ。シュガーとソルトだって、俺がいきなり知らない人をつれてきたら警戒するでしょ？　それと同じだよ』

《念話《ねんわ》》でシュガーとソルトをなだめる。

ここで二匹が暴れたら大惨事になりかねない。

「そうですね、マスター。自己中心的になりすぎていました」

「警戒されるのは嫌だけど……仕方ないか」

シュガーとソルトは俺の言葉に納得し、怒りを収めてくれた。

よかった……

「お、おい。ねーちゃん！　この男は誰なんだよ！」

レベル4000近くの二匹がキレていたなんて夢にも思っていないリックは、ニナに詰め寄る。

何も知らないって、幸せだなぁ……

「ふふっ、よくぞ聞いてくれた。彼の名前はレイン。私は彼と一緒に冒険者活動をすることにしたのよ」

ニナはまるで自慢するように言う。

するとリックは頭を掻きむしりながら口を開いた。

「それは見ればわかるよ。だけど、こいつ明らかに俺より年下じゃん。たぶん十六歳ぐらいだろ？　そんな明らかに格下のやつと組んだら、そいつが枷になることぐらいわかるだろ？　大方こいつ、ねーちゃんの強さか……もしくは体目当てで猫かぶって近づいたんじゃないのか？」

ひどい言われようだが、もし俺がリックの立場だったら、その可能性も考えるだろう。

それにリックは心の底から、姉であるニナのことを心配している。

ニナもそのことはわかっているようで、見当違いなことを言うリックの頭を優しく撫でた。

「心配してくれてありがとう。だけど、大丈夫よ。レインは私よりも圧倒的に強い。今はAランクだけど、Sランクになってもおかしくないぐらいの実力があるわ。だから私は彼を誘ったの」

「ね、ねーちゃんがそう言うんだったら実力はあるんだろうけどさぁ……こいつ、何か企《たくら》んでいるのかもよ。ねーちゃんは強くて可愛いから……いつか寝込みを襲われるぞ」

「レインは私のことをそんな目で見ないのよ。びっくりする程ね。私と手を繋いでも、全く動じないし」

「そ、それはそれで許せないいな」

リック。結構わがままだな。

でも、ニナを恋人として見るっていうのはちょっと難しいんだよな。だって、恋愛とは無縁の生活が長く続きすぎてしまって、『恋人とはなんぞや？』って状態になっちゃったからな。

恋人と親友。この二つの違いが俺にはよくわからない。

そんなことを思っていると、リックが俺の前に立った。

「俺の名前はリック。十八歳だ。冒険者をやっている。ランクはCだ。よろしくな」

リックは「認めたくね～！　認めたくね～！」と不機嫌そうに言いながらも、そう言った。

「俺の名前はレイン。年齢は秘密だ。君と同じく冒険者をやっていて、ランクはA。よろしく」

俺はニコッと笑いかけつつ、そう言った。

「よしよし。和解したみたいだね。それじゃ、リビングで少し休憩しましょ。リック。お茶、淹《い》れといて」

「わかった。ねーちゃん」

こうしてなんとかリックと和解することができた俺は、ニナにつれられてリビングに入った。

リビングにはテーブルと四つの椅子があり、俺はニナと対面するように椅子に座る。

その後、リックが茶の入った湯呑《ゆのみ》を三つ持ってきてテーブルの上に置き、ニナの隣に座った。

「ニナって結構弟に好かれてるんだな」

「そうね。ちょっと度が過ぎてるって感じることもあるけど、それも含めて可愛い弟よ」

ニナはふふっと笑いながら、そう言った。

「ねーちゃんは早死にした親の代わりに俺を育ててくれたんだ」

リックは自慢するようにそう言った。笑みまで、浮かべている。

どうやらニナに『可愛い弟』と言われたことを喜んでいるようだ。

「そ、そうか。まあ、ニナも苦労してたんだなぁ……」

「仕方なかったからね。母はリックを産んだ時に死んじゃって、父も私が十一歳の時に死んじゃったから……頼れる親戚がいない中、まだ六歳だったリックを育てたのは自分でも凄いことだなって思ってる」

ニナは昔のことを思い出すように目を閉じると、しみじみとそう言った。

「その歳で冒険者歴が十年以上もあるのはそういうことだったんだ……」

想像を絶する程大変だっただろう。しかも、そんな時にニナはパーティーの仲間に襲われ、トラウマを植え付けられた。心が折れてしまってもおかしくない。

この時、俺はニナのことを素直に尊敬した。

そのあとは俺とニナの冒険話や、リックの『ねーちゃんの自慢話』やニナの『シュガーとソルトの自慢話』をして、気がついた時には夕方になっていた。

「あ、もうこんな時間……あ、そうだ！　レイン。今夜……というか、王都にいる間は私の家で寝たらどう？　宿代の節約になるよ」

夕陽を見たニナはそんな提案をしてきた。

「そう言ってくれるのは嬉しいけど、流石に申し訳ないよ。リックも血走った目で俺を見てくるし……」

俺はリックをちらりと見てから、そう言った。

「あなたが宿に行っちゃうと、合流する時に面倒くさいでしょ？　部屋は余ってるから遠慮しなくていいよ」

「……わかった」

夜な夜な食料の魔物を狩りにいくので、寝場所は結局俺の世界になりそうだが、ここに泊まったほうが色々と楽なのは確かなので、俺はニナの言葉に甘えることにした。

「レインはそこの部屋を使っていいよ。昔父が使っていたんだけど、今は空き部屋になってるんだよね」

「ああ。ありがとう」

俺はニナが指差す方向にあるドアの前に立つと、そっと開けた。

「使ってないって言う割には、結構綺麗だな」

部屋の中には家具が一つもなく、ほこりも見当たらない。

「そりゃ、俺が毎日掃除してるからな。くれぐれも汚すんじゃないぞ」

そう言いながらキッと睨みつけてくるのは、ニナの話で、意外にも家事が得意なことが判明したリックだ。

「大丈夫だ。万が一やらかしても《浄化《じょうか》》を使えば問題ない」

「それで汚れが消えても、汚した事実は消えねぇからな」

リック。なかなか核心を突いたことを言うな。思わず座布団一枚渡したくなる。

「わかった、わかった。まあ、とりあえずベッドだけ置いとくか」

使うことはほとんどないだろうが、あったほうが違和感がないので、俺は《無限収納《インベントリ》》からベッドを取り出し、部屋の隅に置いた。

「時空属性持ちかよ。てか、なんでお前《収納》《ボックス》の中にベッド入れてんだよ。他に入れるものがあるだろ……」

リックは若干呆れつつも、そう言った。

確かに、容量に制限がある《収納》《ボックス》なら、中に入れる物はしっかりと考えなくてはならない。

だが、俺が使っているのは容量無限の《無限収納》《インベントリ》なので、何も考えずにほいほい入れることができる。そのため、こんな使用する機会がほぼないものも入っているのだ。

「まあ、こんな感じで使う機会はあるだろ？」

《無限収納》《インベントリ》のことは言えないので、適当にごまかした。

「ねぇよ。普通は……まあ、いいや。気にしてたらキリがねぇ。俺は夕飯の支度をしてくるから、ねーちゃんとレインは待っててくれ」

「わかった～。あ、流石にただじゃ悪いから、食材としてこれあげるよ」

俺は《無限収納》《インベントリ》から肉塊を取り出すと、木の板に載せて差し出した。

「おう。で、これはなんの肉だ？」

リックは困惑しつつも、そう言った。

「ああ。それはだいぶ前に倒したレッドドラゴンの肉だ。結構美味いぞ」

そう。これは昔、レベル上げをしていた時にディーノス大森林の最深部で倒したレッドドラゴンの肉なのだ。かなり美味く、すぐに食べきっちゃうのはもったいないと《無限収納》《インベントリ》の中に封印して、そのまま忘れそうになっていたやつだ。

「ちょ、レッドドラゴン!?　お前なんでそんな貴重なやつ持ってんだよ」

「へぇ。レインってレッドドラゴンも討伐してたんだ～」

リックは声を上げて驚愕し、ニナは頷いていた。

「寝込みを襲って倒したんだ（大嘘）」

ちなみにこいつのレベルは９８３だった。強いっちゃ強いのだが、俺は瞬殺できた。

まあこいつぐらいなら上位のＳランク冒険者なら一人で倒せるだろう。人間には技術ってものがあるからな。

「まあ、頼んだよ。俺はちょっと休む」

俺はシュガーとソルトを両肩から下ろすと、二匹を抱いたままベッドにダイブした。

「はぁ～あ。色々疲れた」

俺はそう呟くと、ベッドの上でごろりと転がった。

「おい。飯できたから来い」

「あ～わかった。今行くよ」

俺はよっこらせと起き上がると、シュガーとソルトを両肩に乗せて、リビングに向かう。

「あ、レイン。ほら！　レッドドラゴンのステーキだよ」

椅子に座るニナはテーブルの上に置かれたステーキを指差しながらそう言った。

この光景、どこかで見覚えがある。ずっと昔。俺がまだ日本にいた頃に見た光景だ。親とリビングで食事をするという、あたりまえだった光景。それが、今見ている光景と重なったのだ。

「……懐かしいな」

俺は思わずそう呟いた。

「レイン。どうかしたの？」

「いや。この光景が懐かしいと思っただけだ」

俺はニナの言葉で我に返ると、シュガーとソルトを床に下ろし、椅子に座った。

「よし。食べましょ」

「ああ」

俺はフォークとナイフを手に取ると、レッドドラゴンのステーキを口に入れた。

「……美味いな」

内部に少し赤みが残っている絶妙な焼き加減。そしてこれは……コショウか。久々に食べたが結構いいな。

「うん。美味しいっ」

ニナは満面の笑みでステーキを頬張っていた。

そして、リックはそんなニナを見て、満足そうに笑みを浮かべる。

「シュガーとソルトも食べな」

俺は《無限収納《インベントリ》》からレッドドラゴンの生肉を取り出すと、シュガーとソルトにあげた。

シュガーとソルトは目を輝かせると、ばくばくと凄い勢いで食べ始めた。

「うん。なんかいいものだな」

俺はこの食事に、安らぎを感じた。


「は～食った食った」

食事を終え、リックと共に皿洗いを済ませた俺は部屋に入るとシュガーとソルトを抱きかかえたままベッドに寝転がる。

「……今日はこのまま寝ようかな」

今日はなんだか作業（狩り）をする気になれない。よし。今日は普通にベッドで寝よう。

「……おやすみ」

「おやすみなさい。マスター」

「おやすみなさい。ご主人様」

俺はシュガーとソルトを抱いたまま、意識を手放した。

◇◇◇

「ん～……眩しい……」

窓から差し込む日の光が顔に当たり、俺は目を覚ました。

「んっと……ああ、そうだ。ニナの家にいるんだった」

俺は目を擦りながら上半身を起こすと、既に起きていたソルトとシュガーを両肩に乗せた。

「おはよう。ご主人様！」

「おはようございます。マスター」

二匹は元気よくそう言った。

「ああ。おはよう」

そう言って、俺は二匹を優しく撫でる。

「ふぅ。リビングに行くか」

そろそろ朝食の時間かなと思った俺は、立ち上がるとドアを開け、リビングへ向かった。

リビングに入ると、奥の台所で朝食を作っているリックの姿が目に入った。

「ん？　レインか。丁度いいところに来た。使い終わった器具を洗って棚に戻してくれないか？」

「ああ。わかった」

俺は台所に行くと、流し台にある調理器具を《浄化《じょうか》》で綺麗にした。そのあと、それらを後ろにある棚に置く。

「よし。リック。終わったぞ」

「ああ、ありがとな。そろそろ作り終わるから、ねーちゃんを呼んでき……いや、ダメだ。ねーちゃんを呼ぶのは俺の役目だ。だから、お前は先に席に座って待っててくれ」

「お、おう」

俺は、リックの謎のこだわりに困惑しつつも頷くと、席に座る。

その後、リックは出来上がった食事をテーブルの上に並べると、ニナを呼びにいった。

「は~、よく寝た、よく寝た~。あ、レイン。おはよう」

リックと共にリビングに入って来たニナは元気よくそう言った。

「ああ。ニナ。おはよう」

そんなニナに、俺は笑って挨拶を返す。

「さあ。早速食べましょう」

「ああ。そうだな」

こうして俺たちは朝食を食べ始めた。


「それじゃ、行ってくるよ。夕方には帰ってくる。シュガーとソルトのことも頼んだよ」

「いってらっしゃい。気をつけてね」

「いってらっしゃい。ご主人様!」

「いってらっしゃいませ。マスター」

ニナとソルトとシュガーに見送られながら、俺は国立図書館に向けて歩き始めた。

国立図書館へは、俺一人で行くことにした。

理由は色々あるが、一番は入館料だ。流石に俺の都合に合わせて小金貨一枚をニナに払わせるのは申し訳ない。かといって、俺が払うと言ったら、ニナに断られたのだ。

シュガーとソルトをつれていけない理由は、単純にそこが従魔禁止だったからだ。従魔が貴重な本を破いてしまう可能性を考慮してのルールなので、仕方なかった。

「ん～……とりあえず気配を消して、上に飛んでみるか」

地図の視点と同じ上空から向かったほうが、位置を把握しやすいと思った俺は、気配を消して《飛翔《ひしょう》》で上空に飛んだ。

「よっと。おお！　いい眺めだ」

上空三百メートルからは、王都の街並みがよく見える。そして、王都の中心にある王城をようやく見ることができた。

「西洋風の城っていうのはわかるんだけど……あれ、地球にはなさそうな凄さだな」

遠くに見える白亜《はくあ》の城は、童話とかでよく出てくるような西洋風の城だった。

いくつもの塔が聳え立つその城は、高い城壁に囲まれ、この距離から見ても迫力があった。

もし地球にあったら速攻で世界遺産に登録されていただろう。

俺も一度でいいから、あんな城で暮らしてみたいものだ。

「ふぅ……それで、肝心の図書館は……こっちだな」

俺は少し高度を下げると、昨日冒険者ギルドで見た地図を頼りに国立図書館がある貴族街へ飛んだ。

「お～流石貴族街。立派な屋敷ばかりだな」

貴族街に入った瞬間、建物ががらりと変わった。ここある建物は、メグジスやウェルドの領主館のような屋敷だった。白を基調としており、大きな庭もある。

「ん～と。確かこの辺に……あ、あった！」

敷地内に庭はなく、建物の見た目も博物館のようだ。恐らく、あそこが国立図書館だろう。

「よし。行くか」

俺は急降下すると、人がいない国立図書館の裏に下り立った。

その後、《気配隠蔽《けはいいんぺい》》を解除すると、歩いて国立図書館の正面へ向かう。

「お～、これが国立図書館か。ここから見ると大きいな」

入り口の前に立った俺は、国立図書館を見上げながら感嘆の声を漏らす。

ここは、日本の市民図書館のように気軽に入れる雰囲気はなく、学者や大学の教授が重要なことを調べるために覚悟を決めて入るような雰囲気があった。

「……よし。入ろう」

俺は気合を入れると扉を開け、中に入った。

「おお……凄い……」

国立図書館に入った俺は、目の前に広がる光景に息を呑んだ。

入って早々、イギリスの大英図書館のように本がびっしりと並んでいた。

そして、どの本も重厚感がある。機械によって大量生産されたものではない。ほぼ全て手作業で作られているのだろう。

早速読みたいのだが、その前に入館料を払わなくてはならない。俺は入ってすぐのところにある受付に向かった。

受付には黒いローブに特徴的な帽子という、如何にもって感じの服装をした女性がいた。

「入館料は十万セルになります。あと、身分証明書の提示もお願いします」

「ああ、わかりました」

俺は《無限収納《インベントリ》》から小金貨一枚と冒険者カードを取り出すと、受付の女性に手渡した。

「……はい。ありがとうございます」

受付の女性は冒険者カードを確認し、返してくれた。

「レイン様。国立図書館のご利用は初めてでしょうか？」

「ええ。初めてです」

俺は受付の女性の問いに頷く。

「わかりました。それでは、国立図書館の注意事項を説明させていただきます。まず、レストラン以外でのご飲食はご遠慮ください。大きな声を出すのも、ご遠慮ください。最後に、本を館外へ持ち出すのは禁止です。その他わからないことがございましたら、お近くの司書にお尋ねください。それではごゆっくりどうぞ」

うんうん。ルールは日本の図書館とそれほど変わらないな。これなら、特段気をつけなければならないこともなさそうだ。

「よし。行くか」

俺は国立図書館の中を歩き始めた。

さて、まずは《錬金術《れんきんじゅつ》》についての本を探さないと。それが、ここへ来た一番の理由なんだから。

「……それで、どこにあるんだ？」

本棚の森に入ってみたものの、肝心の《錬金術《れんきんじゅつ》》に関する本がなかなか見当たらない。

「ん〜と、ここは……歴史か。んじゃこっちは……司法か」

本棚にラベルが貼ってあるため、その本棚にある本のジャンルは一目見てわかる。だが、その本棚の数が膨大すぎて、思った以上に探すのに手間がかかる。

時間が惜しいので、さっさと司書に聞いてしまおう。

そう思った直後、俺は一つの本棚の前で立ち止まった。

「魔法か……」

その本棚には《錬金術《れんきんじゅつ》》の次に見たいと思っていた、魔法についての本がずらっと並んでいた。

また、その周囲にあるいくつかの本棚にも、魔法についての本がある。

「折角見つけたんだし、先にこっちを読んどくか」

このまま立ち去って、《錬金術《れんきんじゅつ》》の本を探しにいく気にはなれなかった俺は、先に魔法関連の本を読むことにした。

さて、どんぐらいの難易度のやつにするかだが……

魔法について学んだことはないが、それでも長い間魔法を使ってきた。なので、難しい本でもなんとかなるだろう。

そう思い、俺は『魔法陣応用』と書かれた、そこそこの厚さの本を手に取った。

こういう短くてシンプルなタイトルの本には、結構有用なことが書いてあるって思うのは、俺だけだろうか。

「さてと……あ、あったあった」

周囲を見回し、空いている机と椅子を見つけると、早歩きでそこへ行き、椅子に腰かけた。

そして、本を机の上に置いて開いた。

最初の数ページには作者の経歴と、この本の大まかな内容が書かれていた。

それによると、どうやらこの本の作者は高名なエルフの魔法師らしい。そして、この本には彼が一生の間に開発した魔法の大半と、代表的な魔法陣が記されているようだ。

エルフの一生となると相当長いよな……ん？

ちょっと待て。魔法陣の開発ってどういうことだ？　魔法ってレベルが上がると、勝手に覚えるやつだけではないのか？　てか、魔法って新たに開発できるものなのか？

今まで常識だと思っていたものが崩れる音がした。

「……見るか」

俺はゴクリと息を呑むと、更にページをめくった。

「……魔法陣か」

右側のページには、魔法陣がでかでかと載っていた。そして、左側のページには、その魔法陣の説明が書かれている。

その説明によると、この魔法陣は《小火球・五《ペンテ・ファイア》》という魔法を放つための魔法陣らしい。

ちなみに、《小火球・五《ペンテ・ファイア》》は一つの魔法陣から小さな《火球《かきゅう》》を同時に五個飛ばす、牽制用《けんせいよう》の魔法だ。

なーるほど。《火球《かきゅう》》と微妙に魔法陣の線が違うな。

どうやらこの絶妙な線の配置と数が、この魔法を生み出すようだ。

「今すぐ試してみたい……が、流石にここでやるわけにはいかないからな」

図書館で火属性魔法を使うだなんてあってはならない。

かといって、《世界門《ワールド・ゲート》》をこっそり開いて、俺の世界に行って魔法を使うのも憚《はばか》られる。

というわけで、これからやることは一つだけ。それは、ここに書かれていることを全て暗記することだ。なかなか大変そうだが、《思考加速《しこうかそく》》と《並列思考《へいれつしこう》》を使えば一時間程で終わるだろう。

「やるか……」

俺は全力で本を読み始めた。

「……ふぅ。暗記完了っと」

二時間程かけて内容を全て暗記した俺は、息を吐くと本をパタンと閉じた。

この本には開発された魔法がたくさん記されていた。

まあ、これは開発されたというよりは、既存の魔法をアレンジしたと言ったほうが適切だ。

放つ魔法の数を増やしたり、複数の魔法陣を統合したものが大半を占めていた。

そのため、既存の魔法でも正直似たようなことができる。

なら意味がないのかというと、そうでもない。

最後に書かれていた作者の言葉を見て、俺は大きな希望を持ったのだ。

『私ではこれが限界だった。だが、私よりも魔法陣を精密に操作できる人。つまり、私よりも魔法のレベルが高い人なら、より高みを目指せるだろう。そして、既存の魔法ではどうやってもできないことができるようになるだろう』

この文章を読んだ時、俺は思った。俺ならできる、と。

彼は火属性魔法レベル8、風属性魔法レベル6を取得していた。

だが、俺は全属性を持ち、その大半がレベル10。そして、時空属性に至ってはレベルＭＡＸだ。

俺なら、十分新しい魔法を創ることが可能だろう。

早速外に出て魔法陣の製作……をしようと思ったが、まだ《錬金術《れんきんじゅつ》》の本を読んでいないため、そのことは一旦保留にしておこう。

「次は《錬金術《れんきんじゅつ》》だな」

俺は本を手に持ち、立ち上がった。そして、元の位置に本を戻す。

さて、《錬金術《れんきんじゅつ》》の本は……うん。もう聞いちゃうか。

闇雲《やみくも》に探すよりも、聞いてしまったほうが手っ取り早いと思った俺は、近くにいた司書に声をかける。

「すみません。《錬金術《れんきんじゅつ》》に関する本はどこにありますか？」

「《錬金術《れんきんじゅつ》》関連の本は二階東館にございます。ご案内しましょうか？」

「あ、ああ。頼みます」

俺は司書の申し出に頷いた。

つーか、凄ぇな。なんで一瞬で答えられるんだ？

俺の質問に悩むことなく答えた司書の後ろ姿を見ながら、内心驚愕していた。

これはどのジャンルの本がどこにあるのかを全て把握していないとできない芸当だ。しかも、ここは国立図書館。広さは半端じゃない。

この場所でそれができるのは、流石としか言いようがない。

そう思いながら、俺は司書の後ろを歩いて、二階の東館に到着した。

「こちらの本棚に《錬金術《れんきんじゅつ》》関連の本がございます。それでは、ごゆっくりどうぞ」

司書はそう言うと、足早に去っていった。

「よし。さて、どれにするか……」

俺の《錬金術《れんきんじゅつ》》は初心者に毛が生えた程度だと思っている。

ゲームの中で何か作るのは得意だったのだが、素材やら強度やら色々と考えることが多く、現実世界で何かを作るのは、正直才能がないと思っている。いくら《錬金術《れんきんじゅつ》》のスキルレベルが10といえど、そんな俺には、初級から中級向けの本がいいだろう。

「ん～……これでいっか」

俺は『錬金術解説・初級から中級編』という本を選んだ。

この本を選んだ理由は、さっき数ある魔法の本の中から『魔法陣応用』を選んだのと同じだ。

空いている机と席を見つけ、そこに座る。そして、机の上に本を置いた。

「さて、どんな感じかな？」

俺はそう呟くと、本を開いた。

最初の数ページは流し見て、さっさと本文に入る。

冒頭に書かれていたのは初級回復薬の作り方だった。

メグジスで受けた薬草採取の依頼で採取したヒポテテ花の葉が、初級回復薬の材料だとニナに言われたのはよく覚えている。

さて、俺が唯一材料を知っている回復薬の作り方はどのような感じだろうか。

1、容器に水を入れる。水属性魔法の水よりも、自然水のほうが品質がよくなる。
2、水が入った容器の中にヒポテテ花の葉を入れる。一リットル辺り五、六枚入れるとよい。
3、《錬金術《れんきんじゅつ》》でその二つを合成する。

作り方の工程が、図と共にわかりやすく書かれていた。

その後も回復薬系が続いていたが、俺は回復魔法が使えるので、これらを作る機会はなさそうだ。

「あ、これもか……」

回復薬系の次に書かれていたのは金属についてのことだった。

その中でまず最初に書かれていたのは、様々な合金の組み合わせとその特徴だ。

ミスリル合金。アダマンタイト合金。なるほど。

ただ、金属そのものの強化については鍛冶師の領域なのか……

合金を作ることによって強度を上げるのが錬金術師。

そして、金属を鍛《きた》え、金属そのものを強化するのが鍛冶師。

残念ながら、錬金術師よりも鍛冶師のほうが金属加工の応用が利くようだ。

まあ、そこら辺はドルトンさんに任せるとしよう。

俺はメグジス防衛の報酬で、この国一番の鍛冶師であるドルトンに依頼する権利をもらっているのだ。あとでその権利を存分に使って、いいものを作ってもらうとしよう。

「まあ、とりあえず全て暗記するか」

前半はあまり使いそうにないことが書かれていたが、回復薬を売って金を稼ぐこともできそうなので、覚えておいて損はない。

後半の金属系に関することは、普通に使えそうだ。合金の中には、いい感じの性質を持ったものがいくつもあった。他にも、《錬金術《れんきんじゅつ》》と《金属細工《きんぞくざいく》》を使った武具の手入れ法など。

俺は最初のページに戻ると、また《思考加速《しこうかそく》》と《並列思考《へいれつしこう》》を使い、全力で本を読み始めた。

本を読み、レストランで食事をとり、また本を読む。

そして、気がつけばもう閉館の時刻が迫っていた。

「む、時間か。まあ、知りたいことは知ったからよしとするか」

《錬金術《れんきんじゅつ》》の知識がゼロに等しかった俺は、今日一日で並み以上の知識を得ることができた。

いや～、《思考加速《しこうかそく》》と《並列思考《へいれつしこう》》様様だな。この二つのスキルがなかったら、あと十日間はここに通ってたよ。そしたら出費がえげつないことになるからね。

「んじゃ、帰るか」

俺は立ち上がり、本をもとの場所に戻すと、出入り口へ向かった。

そして、図書館を出て路地裏に行くと、《気配隠蔽《けはいいんぺい》》で気配を消してから《長距離転移《ロングワープ》》でニナの家の前に転移した。

「よっと。近くには……いないな。んじゃ、ただいま」

俺は近くに人がいないことを確認してから《気配隠蔽《けはいいんぺい》》を解除すると、家のドアを開ける。そして、穏やかな声で「ただいま」と言った。

「ご主人様！　おかえりなさい！」

「おかえりなさい。マスター」

真っ先に俺のところに来てくれたのはシュガーとソルトだった。

二匹は奥の部屋から駆け寄ってくる。

「ああ。ただいま。帰ってきたよ」

俺はその場でしゃがむと、シュガーとソルトを優しく撫でた。

二匹は撫でられると、気持ちよさそうに目を細める。

「あ、レイン。おかえり」

その後、ニナがリビングから出てきた。

「ただいま。じゃあ、部屋に行く……前に、食料を差し入れしにいこうかな」

立ち上がった俺はリビングへ行くと、くつろいでいたリックに近づいた。

「リック。今日はこいつを使ってくれ」

そう言って俺が《無限収納《インベントリ》》から取り出したのは、グレイトマーダーフィッシュという魚の切り身だ。

こいつはディーノス大森林の最深部にある直径五十メートル程の池の中で泳いでいた魚だ。

俺の姿を見るなり、池からピョーンとジャンプして食おうとする、食欲旺盛なやつだったな。

味はお高い中トロのようで、めちゃくちゃ美味かった。

俺はそれを木の板に載せて、リビングのテーブルの上に置いた。

「おお。ありがとな。ちなみにこいつはなんの魚だ？」

「そいつはグレイトマーダーフィッシュの切り身だ」

「ああ、あれか。魔力の濃い池にしか生息しない、結構レアな魚だって聞いたな。まさかそれを調理できる日が来るとは……よし。待ってろ。とびっきりのやつを作ってやる」

リックは自信満々にそう言うと、台所へ向かった。心なしか嬉しそうだ。

最初は敵意むき出しで警戒していたが、食事の差し入れを通して、良好な関係になってきた。

「さて、俺は部屋に戻ろう」

さっさと魔法陣の開発に取りかかりたかった俺は、足早にリビングを出ると、貸してもらっている部屋の中に入った。

「じゃ、入るか。《世界門《ワールド・ゲート》》」

その場で《世界門《ワールド・ゲート》》を開くと、早速俺の世界に入る。シュガーとソルトも、俺に続いて入ってくる。

「ここは……」

「凄ーい！」

初めて俺の世界に入った二匹は、驚き感嘆の息を漏らした。

「それじゃ、ひとまず本で見た魔法を使ってみるか」

魔法を新たに開発するのなら、その前に他の人が開発した魔法を実際に使って、どのようなものなのか確認してみたほうがよいだろう。

「《小火球・五《ペンテ・ファイア》》」

俺は左手を前に掲げると、本で見た魔法陣をそこに展開した。

今までの魔法と決定的に違うところは、意識して魔法陣の展開をやらなくてはならないことだ。

これまでは、その魔法を使おうと思いながら魔力を流せば、勝手に魔法陣が展開されたが、今回は展開する魔法陣の形を正確に頭に思い浮かべなくてはならないのだ。

まあ、慣れれば無意識に使うこともできそうだが。

「なるほどな……ただ、どうやって新しい魔法を作ればいいんだ？」

魔法陣の形を思い浮かべて、展開するだけだ。だが、その魔法陣の線の配置とかはどうすればいいのだろうか。俺はそれを探るべく、本で見た魔法陣を思い浮かべ展開し、確かめていく。

「ん～……この線だと数が増えるのか。で、ここの線を変えると大きさを変えられると……」

本に書かれていた魔法陣には、ある程度規則性があった。そのため、この規則性をもとに新たな魔法を作ればよいのだろう。

「ただこれは……骨が折れそうだな」

既存の魔法にはないものを作りたい俺に、その規則性がどこまで役立つのかはわからない。

「まあ、望むところだ。ロマンあふれる、最高のめちゃつよ魔法を作ってやる」

俺はそう意気込むと、開発し甲斐のありそうな時空属性魔法の魔法陣を展開した。

属性が決まる基本的な部分しか展開していないので、魔力を流すことで魔法が発動することはない。

「ふむ……ここをこうして、次にこう……いや、こうか？　いや、こうだな」

魔力を操作して、魔法陣をいじりながら完成に近づける。

ある部分は土属性魔法、《創造黒岩剣《クリエイト・ソード》》を参考に。

またある部分は《世界創造《ワールドクリエイト》》の構成術式を参考に。

その他もろもろ細かいところに手を加え、一つの魔法陣が完成した。

ちなみに、製作時間は一日ちょいだ。

「よし。完成だ。じゃ、魔力を流すか」

俺は展開した魔法陣に魔力を流した。すると、その魔法陣からニョキッと剣が出てきた。刀身から持ち手まで、何もかも純白な剣だ。

「よし。初めてにしては上出来なんじゃないか？」

世界の隔たりと同等の耐久力を持つ剣。これを破壊できるのはそれこそ神くらいではないだろうか。

「わ、わしがいるのにその剣を使うかー！」

すると、腰からダークの叫び声が聞こえてきた。

「使わないって。全部真っ白な剣を使ってたら、周りから変な目で見られるからさ。その点、ダークは見た目もいいし、性能もいいからね」

俺は慌ててダークを擁護《ようご》した。でもまあ、実際この剣は使わない。

わざわざ魔法陣を展開してこの剣を作るぐらいだったら、ダークを抜いたほうが早いし。

そのことを伝えると、ダークは安心したように息を吐いた。

「ふぅ。じゃ、本格的に始めるか」

まだまだ開発したい魔法はたくさんある。

俺は新たに開発した魔法、《世界剣《ワールド・ソード》》を消すと、再び魔法陣の開発に取りかかった。

「……ふぅ。こんなものかな」

左手を前方に突き出し、魔法陣を展開していた俺は、おもむろにそう呟いた。

「頼む。今度こそ成功してくれ」

魔法陣の構築に手応えを感じた俺は、祈るように魔法陣に魔力を流す。

すると、左手を中心に展開していた魔法陣が、地面に移動した。

そして青白く光ったかと思うと、そこから俺と同じくらいの背丈の、氷でできた騎士像が出現したのだ。

「よし。ここまでは順調だな。では、《氷獄騎士《コキュートス・ナイト》》。俺と戦え」

俺は目の前にいる氷の像――《氷獄騎士《コキュートス・ナイト》》にそう命令すると、剣（ダーク）を抜いた。

《氷獄騎士《コキュートス・ナイト》》も、俺と全く同じ動作で腰にある氷の剣を抜いて、切りかかってくる。

「はっ！」

俺は《氷獄騎士《コキュートス・ナイト》》が持つ氷剣を、ダークで受け止める。

「なるほど……なら、これならどうする？」

そう言いながら、後ろに飛びすさる。

それに対して、《氷獄騎士《コキュートス・ナイト》》は立ち止まったまま、動こうとしなかった。

「ほう。これに引っかからないのか」

俺はニヤリと口角を上げると、そう言った。

《氷獄騎士《コキュートス・ナイト》》の前方の地面。一見何もなさそうに見えるが、実はそこには透明化した《爆破《ブラスト》》の魔法陣を展開している。

もしそこを《氷獄騎士《コキュートス・ナイト》》が通ろうものなら、即座に発動させるつもりだった。

「では……やろうか」

俺は《爆破《ブラスト》》の魔法陣を消すと、《氷獄騎士《コキュートス・ナイト》》に接近した。《氷獄騎士《コキュートス・ナイト》》も俺に近づくと、氷剣を振った。

首を少し後ろに引くことでそれを躱すと、同時にダークを振り上げる。

だが、それは上手く躱されてしまった。

「これは想定内だ」

俺はそう言うと、微かに体勢が乱れた《氷獄騎士《コキュートス・ナイト》》に回し蹴りをお見舞いする。

《氷獄騎士《コキュートス・ナイト》》は今度こそ避けることができず、俺の強烈な蹴りで、下半身が粉々に砕け散った。

「終わりだ」

ダークを振り下ろし、《氷獄騎士《コキュートス・ナイト》》を完全に破壊する。

「よしよし。技量は全く同じだな。身体能力もそこそこある。成功でいいだろう」

俺は満足して頷くと、そう言った。

先程開発した魔法は《氷獄騎士《コキュートス・ナイト》》。その名の通り、氷でできた騎士像を召喚し、戦わせることができる魔法だ。

闇属性魔法で俺の魂に刻みこまれた戦闘技術を複製し、さらに氷のゴーレムを召喚する魔法である《氷騎士《アイスナイト》》の核に刷り込めるように魔法陣を組んだ。

更に、《氷獄騎士《コキュートス・ナイト》》が動くのに必要な魔力は《氷獄騎士《コキュートス・ナイト》》自らが生み出している。この仕組みを作るのが一番大変だった。

その仕組みについて簡単に説明すると、俺の魂にある魔力を生成する仕組みを複製して、魔法陣に組み込んでいるのだ。

どうやっても俺の千分の一程度の速度でしか魔力が回復しないが、それでもちゃんと動作するので、特に問題はない。魔法を使わせるのならともかく、ただ動かすだけならそこまで魔力を消費しないしな。

「これ戦った感じ、ドスとかいうAランク冒険者と同じくらいの身体能力だな。ただ、技量のお陰で強さはそれ以上だ」

ドスは、俺とニナが初めて会った時にニナと一緒にいた五人の冒険者の内の一人だ。チンピラみたいな剣士だったな。あいつはああ見えてAランク冒険者の上位の実力を持っていたらしいし、《氷獄騎士《コキュートス・ナイト》》は俺の剣の技量を持っているからな。

「はぁ～あ。それじゃ、出るか」

そう呟くと、《世界門《ワールド・ゲート》》を開いた。

「シュガー、ソルト。外に出るよ……って、あれ？」

俺は辺りを見回してみたが、シュガーとソルトの姿が見えない。

すかさず気配を探ってみると、どうやら二匹は家の中にいるようだ。

「何してるのかな？」

疑問に思いながら家のドアを開け、中に入る。

「ん～と……こっちか」

俺は二匹の気配がする風呂場へ向かった。

「よっと。ああ、やっぱり風呂に入ってたのか……あれ？」

そこには、俺のこだわりで広く作られた湯船につかる、シュガーとソルトがいた。

だが、その横に見たことがある白髪金眼の女性がいる。この顔。間違いない。

彼女は——

「め、女神様がなんでここにいるんですか？」

そう。俺をティリオスに転生させた女神様だ。女神様は俺の姿を見ると、笑みを浮かべた。

「お久しぶりです。ちょっと会いにきちゃいました」

「会いにきたって……まあ、お久しぶりです」

俺は困惑しつつもそう言った。

「ふぅ。そろそろ上がりましょうか」

女神様はそう言うと、湯船から出た。そして、惜しげもなく裸体を晒す。

普通の男なら、その豊満なスタイルに目がくぎ付けになるか、目を背けるかだろう。

だが、生憎《あいにく》俺は普通じゃない。女神様の裸体を見ても、『なんで恥じらわないんだ？』と思うだけだった。

「そこは何か反応が欲しかったですね」

女神様は残念そうに言うと、濡れた体を魔法で乾かした。

そして、一瞬で白い法衣《ほうえ》のようなものを身に纏う。

「そう言われてもな……てか、シュガーとソルトは女神様がいることに気づいてたの？」

知らない人がいきなり現れたら、警戒するなり俺に知らせるなりしてくれるはずだ。

「ほんの少し前。現れた瞬間に神だ！　って思ったの」

「はい、マスター。あれほどのオーラを感じたらわかります」

二匹は口を揃えてそう言うが、俺にはさっぱりだった。というのも、俺はそのオーラとやらを感じないからだ。そのことを女神様に聞くと、彼女は「当然よ」と言った。

「あなたは神族と超人族の中間に位置する半神。それもかなり上位です。だから、私のオーラの影響を受けない」

「なるほどな」

俺は納得したように頷くと、そう言った。

「あ！　あと、私のことはフェリスって呼んでください。女神様って呼ばれるのは慣れないので。できれば呼び捨てでお願いします。仰々《ぎょうぎょう》しくされるのもあまり好きではないので」

「あ、ああ。つーか、名前あったんだ……まあ、あるか。普通」

女神――フェリスの口ぶりからして、恐らく神はたくさんいる。なら、名前がないと、互いを呼ぶ時に不都合が生じるだろう。

「それで、フェリスはなんでここに来たんだ？」

俺は今一番疑問に思っていたことを聞いた。

フェリスはピクリと反応すると口を開く。

「それについてはこれから話すから、まずは話しやすい場所に移動しましょう」

「そうだな」

俺は頷くと、フェリスと共にリビングへ向かう。

ちなみに、シュガーとソルトはもう少し入っていたいと言っていた。

「そこに座ってくれ」

俺はフェリスをリビングへ案内すると、椅子に座るよう促した。

「ありがとう。では」

フェリスはニコリと笑うと、椅子に座った。

「それじゃ、話してくれないか？　ここに来た理由を」

俺もテーブルを挟んで対面するように椅子に座ると、そう言った。

「そうですね。ではまず、何故私がこの世界に来られたのか説明しましょう。前提条件として、私は私が管理する世界、ティリオスに降臨することはできません。地球など、他の神が管理する世界も同様です」

「まあ、確かにな」

だが、その条件があるのなら、何故フェリスは俺が作った世界に入ることができたのだろうか。

俺の力が弱いから？　いや、そんな簡単な理由でどうこうできるものではない気がする。

「何故この世界に来られたのか。その理由は、結構シンプルですよ。それは、ここが神界という、世界を管理する神が住まう場所だからです。ちなみに、私があなたと初めて会った場所は、私の神界です」

「なるほどな。確かにここも、初めてフェリスと会った場所と同じように、辺り一面真っ白だしな」

フェリスと会った場所と酷似していることから、ここが神界であるということも納得できる。

「それで、他の神が管理する神界にも行くことができるのよ。まあ、もちろん許可された場合だけなんだけどね」

「そうか……って、ん？　俺、フェリスが来ることを許可した覚えはないぞ？」

許可がないと入れないらしい他者の神界に、何故フェリスが入ってこられたのだろうか。

「ああ。それは私があなたの体を直々に作り、転生させたことで、あなたが私の眷属みたいな扱いになっているからです。眷属が管理する神界には、よほど拒絶されない限り、入ることができるの」

「あ～、なるほど。なるほど」

「では、何故この世界に入れたのかを話したところで、本題のあなたの神界に来た理由を説明しましょう」

フェリスはそう言うと、どこからともなく取り出したティーカップに口をつけ、茶を飲んだ。

「難しい理由ではありません。単純に、あなたが自身の神界を作ったことで、会いにいけるようになったから、来ただけのこと」

「行けるようになったから、会いにきた……か。その気持ちはわからなくもないな」

長い間会えなかった人に会えるとわかれば、誰だって顔を見たり、ちょっとした世間話をしたりしたくなるだろう。

「ふふっ。あなたがティリオスでの生活を楽しんでいるようで、私も嬉しいです。ただ、少々レベル上げ……というか、修業に費やす時間が長すぎると思うのですが……」

「俺の性格上、仕方ないことだ。レベル上げみたいな単純な作業をやり続けることは、俺が最も得意とすることだからな剣術修業はちょっと例外だけど……」

俺はそう言うと、腰の鞘にいるダークをチラリと見た。

「それはどういう意味じゃ？」

ダークが問いかけてくるが、スルーする。彼を喋らせたら面倒くさいことになるのは数々の経験から、身に染みてわかっているのだ。

「自分らしさを忘れずに数千年生きる。それは、意外と難しいことなんですよ。大抵の者は、それだけ時が経てば、かなり変わります。いい方向に変わる者もいれば、悪い方向に変わる者もいる。その点、あなたは昔と全然変わらない」

「そうか……ただ俺って、作業している時は意識がちょくちょく飛ぶから、体感ではそこまで生きているとは思っていないな。気持ちとしては、まだ四百年くらいなんじゃないか？」

単純作業をやり続けると、体がその動作を覚えて、意識せずとも動くようになる。

「だから、あなたはここまで強くなったのでしょうね。では、そんなあなたに一つ忠告を。神聖バーレン教国には気をつけて」

「神聖バーレン教国……ああ、あれか」

あのクソ教皇が支配する国か。よーく覚えてるよ。

「それはわかったが、具体的には何に気をつけなければならないんだ？」

「それは……言えません。世界に対する過度な干渉になってしまうので。それほどのものを、あの国は抱えているのです」

フェリスは俯くと、暗い顔でそう言った。

「まあ、わかった。遠からず、あの国のクソ教皇は潰しにいくつもりだから、その時に調べてみるよ」

「ありがとうございます。では、私はそろそろ帰ります。気が向いたらまた来ますね。気軽に話せるのはあなたぐらいしかいませんので」

フェリスはそう言うと、ティーカップを消し、立ち上がった。

それにしても、気軽に話せるのが俺だけって……

もしやフェリス。ぼっちなのか？

俺の勘が、フェリスはぼっちだと言っている。

「世界の管理でみんな忙しいだけです。断じて私はぼっちやコミュ障というわけではないのですよ」

俺の心を読んだのか、フェリスが不満げにそう言った。

声の感じから察するに、結構気にしているのだろう。まあ、言わんけど。

だが、心を読まれたら意味がない。

「私はそんなこと気にしていませんからね。では」

フェリスはそう言うと、逃げるように消えた。

「とんでもないことをしおるのう。神をからかうとは」

ダークは感心したように言う。

「別に思っただけで、口にはしていないんだけどなぁ……」

俺は頭を掻きながらそう言った。

「まあ、そろそろ帰ろっか」

俺はシュガーとソルトを呼ぶと、《世界門《ワールド・ゲート》》を開き、ティリオスに戻った。


「レイン！　ご飯の時間よ」

ニナがヒョコッと室内を覗き込み、そう言った。

「ん？　ああ。今行く～」

ゴロリとベッドに転がりながらシュガーとソルトをもふもふしていた俺はニナに返事をすると、ベッドから出た。

「行くか～」

シュガーとソルトを床に下ろし、そのままリビングへ向かう。

リビングでは、既にニナとリックが席についていた。

「おお。美味しそうだな」

テーブルの上には魚料理がある。

俺は席に座り、箸を取ると、手始めにムニエルっぽいものをつまみ、米と共に口に入れた。

「……む？　酸っぱい？」

咀嚼《そしゃく》すると、口の中にほのかな酸味が広がった。

「ああ。そいつは塩、コショウの他にレマンの汁をちょっとかけたんだ。マーダーフィッシュ系の焼き魚には合うってよく言うだろ？」

「よく言うだろって言われてもな……」

料理に関しては素人なので、そう言われてもよくわからない。

てか、レマンってなんだよ。レモンじゃねーのかよ。紛らわしいな。

「で、それに合う米もちゃんと用意してあるってわけだ。ただ、それだけだとちょっと物足りないから、一部は刺身にした。このためにわざわざショーユとサワビを買ってきたんだぜ」

自慢げに話すリックの言葉に、俺は目を見開いた。

「もしやと思ってたが、本当にショーユだったとは。それにワサ……サワビもあるなんて」

俺の好物である刺身になくてはならない調味料、醤油《しょうゆ》。それがティリオスにあるなんて思いもしなかった。ないと思い、半ば諦めていたからな。しかも、それに加えてワサビもあるとは。

……ああ、違ったサワビだ。こっちもマジで紛らわしい。

ちなみに、ショーユは日本の醤油のように大豆や小麦から作られているのではなく、パラライズスパイダーという蜘蛛型の魔物の体液を採取し、加工することで作っているらしい。

その加工は、《吸水《きゅうすい》》でちょっと体液を取るだけだからかなり簡単だ。

サワビは、意外にも日本のワサビとまったく同じ生産方法だった。

「じゃ、こっちも」

俺は刺身を一切れつまむと、ショーユとサワビをつけて口に入れた。

「……美味すぎる」

刺身とベストマッチなショーユが刺身の味を引き立て、そこにつーんとくるサワビの味がいい刺激になっている。まあ、食レポは全然得意じゃないので、この表現が正しいのかはわからないけど。

大森林を出てからここまで、本当に色々なことがありすぎた。

懐かしい刺身の味を感じながら、俺はこれまでのことをしみじみと思い返す。

レベル１０００になったことで最強になったと思っていたが、外に飛び出したら、もっと色んな世界や可能性が広がっていた。まだまだ王都も見て回りたいな。

バーレン教国のことは心配だが、これからも俺は俺らしく、作業厨として、この世界を楽しむぞ！

◇　◇　◇

「ファルス様。ムスタン王国のラダトニカにいた取引相手の始末が完了いたしました」

初老の男が俺の前で跪き、口を開く。

「そうか。そいつらが持っていた報告書は回収できたのか？」

「はっ。アジトに隠されていた奴隷の密輸経路図とあの方からいただき、一時的に保管していた王城の地図の回収に成功しました。こちらでございます」

「よし。よこせ」

男から報告書を受け取ると、まず奴隷の密輸経路図を開いた。

「ふむ……正確だな」

王都とバーレン教国を繋ぐ奴隷の密輸経路。

この道を使えば、王国に悟られることなく人員をたくさん移動させることが可能だ。

本当は俺が直々に受け取るつもりだったのだが、襲撃されたせいで叶わなかった。

それにしても、なんなんだあいつは。俺の攻撃を軽くいなしやがって。

おっと。落ち着け。俺は再燃しかけた怒りの炎を鎮火させると、口を開いた。

「で、王城は……ふむ。いいな。上出来だ」

王城の地図を見た俺は、思わずニヤリと笑う。

「よし。他に何か報告は？」

「一点ございます。気になる冒険者が二名います」

その言葉を聞き、俺は眉をひそめる。

「名前は？」

「はっ。一人目はAランク冒険者のニナ。二人目はAランク冒険者のレイン。二人は王都ムスタンに滞在しているようです」

なるほど。こいつらが計画の邪魔をしたのか。なら、殺されても文句は言えねぇよなぁ。

……だが、今やるべきことはそれではない。

「よし。残る邪龍の石の半分を使え！　そいつを陽動にして国王を殺すんだ！」

「謹《つつし》んで承《うけたまわ》りましてございます」

「ああ。成功させろよ。バーレン教国最強の暗殺者、ヘルよ」

「その名に恥じぬよう、全力を尽くします」

直後、ヘルは忽然《こつぜん》と姿を消した。

「これでよし。俺は王を殺したあと、すぐにやつが動けるように、手を打っておくとしよう」

緻密に組んだ計画を前に、俺はニヤリと笑うと、書状を書き始めたのだった。

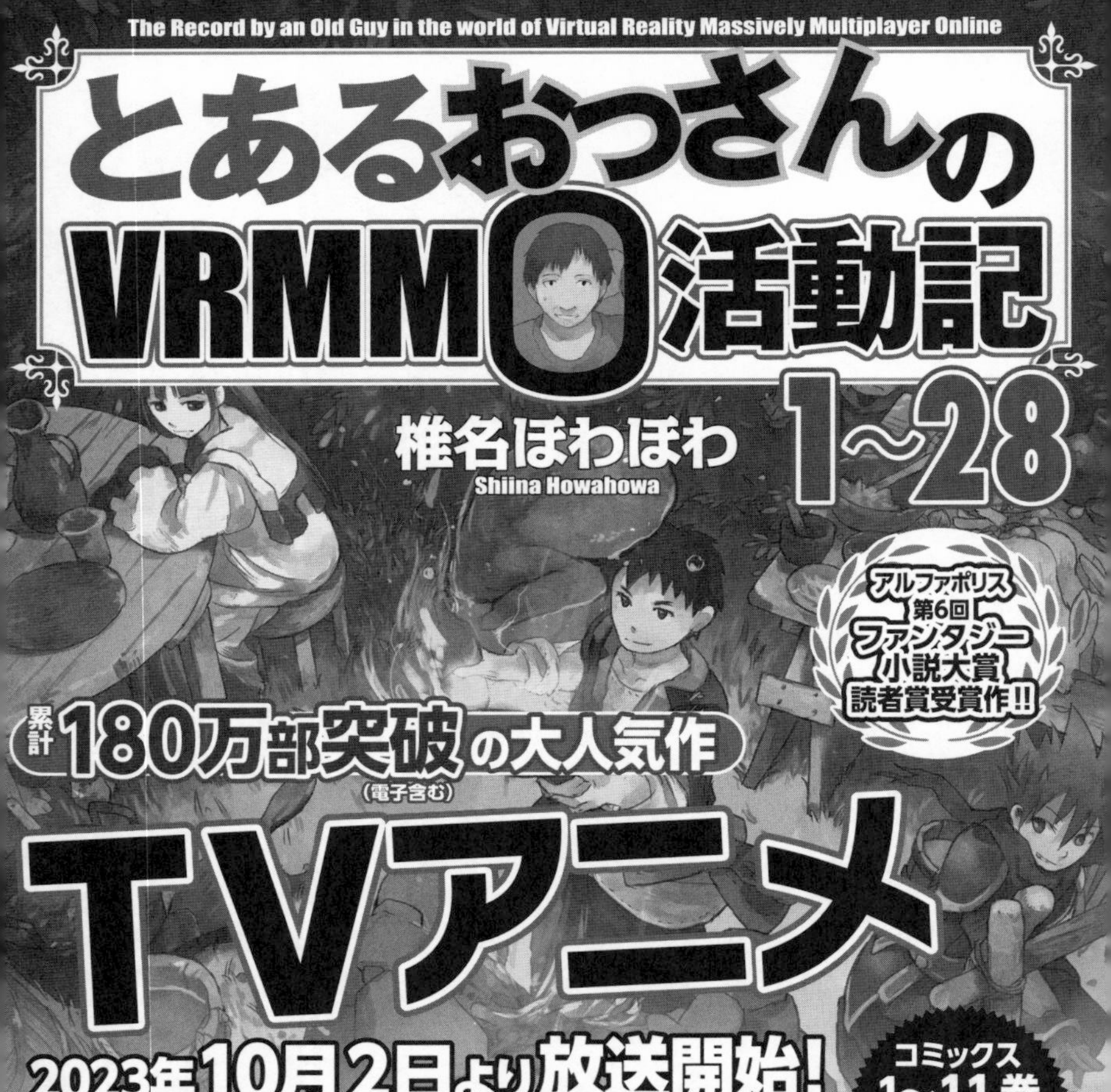

コミックス
1~11巻
好評発売中!

超自由度を誇る新型VRMMO「ワンモア・フリーライフ・オンライン」の世界にログインした、フツーのゲーム好き会社員・田《た》中《なか》大《だい》地《ち》。モンスター退治に全力で挑むもよし、気ままに冒険するもよしのその世界で彼が選んだのは、使えないと評判のスキルを究める地味プレイだった!
――冴えないおっさん、VRMMOファンタジーで今日も我が道を行く！

1~28巻 好評発売中!

各定価：1320円（10％税込） illustration：ヤマーダ

漫　画：六堂秀哉　B6判
各定価：748円（10％税込）

アルファポリスHPにて大好評連載中!

アルファポリス 漫画　検索

Re:Monster
リ・モンスター
1〜9・外伝
8.5
暗黒大陸編1〜3
金斬児狐
Kanekiru Kogitsune
シリーズ累計
150万部
(電子含む)
突破!
TVアニメ化
決定!!
ネットで話題沸騰
怪物転生
ファンタジー
最弱ゴブリンの下克上物語　大好評発売中!
【小説】
1〜9巻／外伝／8・5巻
◉各定価：1320円（10%税込）
◉illustration：ヤマーダ
新章
【小説】
1〜3巻（以下続刊）
◉各定価：1320円（10%税込）
◉illustration：NAJI柳田
コミカライズも大好評
【漫画】
◉各定価：748円（10%税込）
◉漫画：小早川ハルヨシ

月が導く異世界道中
Tsukiga Michibiku Isekai Dochu
あずみ圭
Azumi Kei
1~18
8.5
シリーズ累計
350万部
(電子含む)
の超人気作!
TVアニメ 第2期
2024年1月から
2クール
放送決定!
異世界へと召喚された平凡な高校生、深澄真。彼は女神に「顔が不細工」と罵られ、問答無用で最果ての荒野に飛ばされてしまう。人の温もりを求めて彷徨う真だが、仲間になった美女達は、元竜と元蜘蛛!? とことん不運、されどチートな真の異世界珍道中が始まった!
月が導く異世界道中
あずみ圭
薄幸系男子の
成り上がり
ファンタジー、
開幕!
なんでだろう
親の都合で
異世界へ
読者賞受賞作!
待望の書籍化!
●各定価:1320円(10%税込)
●illustration:マツモトミツアキ
1~18巻好評発売中!!
2期までに
原作シリーズもチェック!
月が導く異世界道中
1
あずみ圭
木野コトラ
シリーズ累計
29万部
とことん不運、されどチート!!
薄幸系主人公の異世界放浪記、コミカライズ第1巻!!
漫画:木野コトラ
●各定価:748円(10%税込)●B6判
コミックス1~12巻好評発売中!!

チート薬学で成り上がり!

著 めこ
伯爵家から放逐されたけど 優しい子爵家の養子になりました!

神スキルで人生逆転!

頼られまくりの万能薬師!

サラリーマンの高橋渉は、女神によって、異世界の伯爵家次男・アレクに転生させられる。さらに、あらゆる薬を作ることができる、〈全知全能薬学〉というスキルまで授けられた!　だが、伯爵家の人々は病弱なアレクを家族ぐるみでいじめていた。スキルの力で自分の体を治療したアレクは、そんな伯爵家から放逐されたことを前向きにとらえ、自由に生きることにする。その後、縁あって優しい子爵夫妻に拾われた彼は、新しい家族のために薬を作ったり、様々な魔法の訓練に励んだりと、新たな人生を存分に謳歌する!?　アレクの成り上がりストーリーが今始まる——!
◎定価:1320円(10%税込)　◎ISBN:978-4-434-32812-1　◎illustration:汐張神奈
チート薬学で成り上がり!
めこ
伯爵家から放逐されたけど 優しい子爵家の養子になりました!
重い病気から頭皮の悩みまで速攻解決!
神スキルで人生逆転!
頼られまくりの万能薬師!

異種族キャンプで全力スローライフを執行する……予定！

Ishuzoku camp de zenryoku slowlife wo shikkou suru …… yotei!!

タジリユウ
Yu Tajiri

甘党エルフに酒好きドワーフetc…

気の合う異種族たちとまったりアウトドア生活!!

大自然・キャンプ飯・デカい風呂――
なんでも揃う魔法の空間で、思いっきり食う飲む遊ぶ！

『自分のキャンプ場を作る』という夢の実現を目前に、命を落としてしまった東村祐介、33歳。だが彼の死は神様の手違いだったようで、剣と魔法の異世界に転生することになった。そこでユウスケが目指すのは、普通とは一味違ったスローライフ。神様からのお詫びギフトを活かし、キャンプ場を作って食う飲む遊ぶ！　めちゃくちゃ腕の立つ甘党ダークエルフも、酒好きで愉快なドワーフも、異種族みんなを巻き込んで、ゆったりアウトドアライフを謳歌する……予定！

◉定価：1320円（10%税込）　ISBN978-4-434-32814-5　◉illustration：宇田川みぅ

中学生の望月《もちづき》奏《かなで》は、一緒に事故にあった子犬とともに、神様の力で異世界に転生する。子犬は無事に神獣フェンリルの赤ちゃんへ生まれ変わったものの、カナデは神様の手違いにより、2歳児になってしまった。おまけに、到着したのは鬱蒼とした森の中。元子犬にフィルと名前をつけたカナデが、これからどうしようか思案していたところ、魔物に襲われてしまい大ピンチ！　と思いきや、ドラゴンの子供が助けに入ってくれて――

◉定価：1320円（10%税込）　ISBN 978-4-434-32813-8　◉illustration：.suke

この作品に対する皆様のご意見・ご感想をお待ちしております。

おハガキ・お手紙は以下の宛先にお送りください。

【宛先】

〒150-6008 東京都渋谷区恵比寿4-20-3 恵比寿ｶﾞｰﾃﾞﾝﾌﾟﾚｲｽﾀﾜｰ8F
（株）アルファポリス　書籍感想係

メールフォームでのご意見・ご感想は右のＱＲコードから、
あるいは以下のワードで検索をかけてください。
アルファポリス　書籍の感想　検索
ご感想はこちらから

本書はWebサイト「アルファポリス」（https://www.alphapolis.co.jp/）に投稿されたものを、改題・改稿、加筆のうえ、書籍化したものです。

作《さ》業厨《ぎょうちゅう》から始《はじ》まる異《い》世《せ》界転生《かいてんせい》2
レベル上《あ》げ？　それなら三百年程《さんびゃくねんほど》やりました

ゆーき　著

2023年10月31日初版発行

編集－和多萌子・宮坂剛
編集長－太田鉄平
発行者－梶本雄介
発行所－株式会社アルファポリス
〒150-6008 東京都渋谷区恵比寿4-20-3 恵比寿ｶﾞｰﾃﾞﾝﾌﾟﾚｲｽﾀﾜｰ8F
TEL 03-6277-1601（営業）　03-6277-1602（編集）
URL https://www.alphapolis.co.jp/
発売元－株式会社星雲社（共同出版社・流通責任出版社）
〒112-0005 東京都文京区水道1-3-30
TEL 03-3868-3275
装丁・本文イラスト－ox
装丁デザイン－AFTERGLOW
印刷－図書印刷株式会社

価格はカバーに表示されてあります。
落丁乱丁の場合はアルファポリスまでご連絡ください。
送料は小社負担でお取り替えします。
©Yu-ki 2023.Printed in Japan
ISBN978-4-434-32755-1　C0093